地獄系列 第七部 7
地獄禪滅

自序

二〇〇八年秋天，地獄系列終於前進到第七集了。

這故事完成的時候，我人生最大的進展，應該是買了一間小窩，接著就是漫長卻溫馨，與親愛的一同還清貸款的歲月。

地獄七，該是我的第二十本書，寫作資歷也跨入了第八年。

回想這八年，為了堅持寫作與人生並進，我在很多地方努力打過字。

印象最深的，應該是南投的山裡面，那次騎車遇到大雨，我躲進一戶人家的長廊下，頭頂上古老的木頭屋頂，前面是白幕般綿密的大雨，空氣中濕濕涼涼，那時，剛好是少年H和貓女，在地獄列車上首次相遇。

還有，有幾個片段是在中興大學的湖畔完成的，周圍是搖頭晃腦的白鵝，牠們顯然對一個拿著電腦發愣的我頗有興趣，好幾次我的鍵盤都要被牠們熱情的喙給啄到，那時，是阿努比斯與血腥瑪麗決戰在電梯裡面那段。

剩下的寫作地點，我曾經在廁所中寫作，內容大概是劉禪用鼻涕困住貓女的時候。

我也曾在自己汽車的後座寫作，完成的部分是土地公腳踩住象神的片段吧。

但，最多的地點，還是咖啡館，與床邊。

咖啡館不稀奇，但是床「邊」，就好像不太對勁了，為什麼不是床上？為什麼不是書桌上？

我想這和個人習慣有關，其實我最喜歡拖一張板凳，以床沿當作桌子，打下一大段一大段故事，我甚至可以說，整個地獄系列，恐怕有六成是在床邊完成的。

它絕對可以稱得上是，最純正的「床邊故事集」吧。

總而言之，地獄系列終於到了七，平心而論，當長篇走到第七十萬字，那些之前的撞牆期與疑慮，反而少了。

少了這些不安因素，我要認真的說，這第七集，可能真的寫得不錯，至少我自己深深這樣以為啦。

好啦各位客倌我不囉唆了，請翻開下一頁，這台載滿神魔的奇幻地獄列車，已經鳴笛，就要啟航了。

請您，好好享受這趟旅程吧。

Div

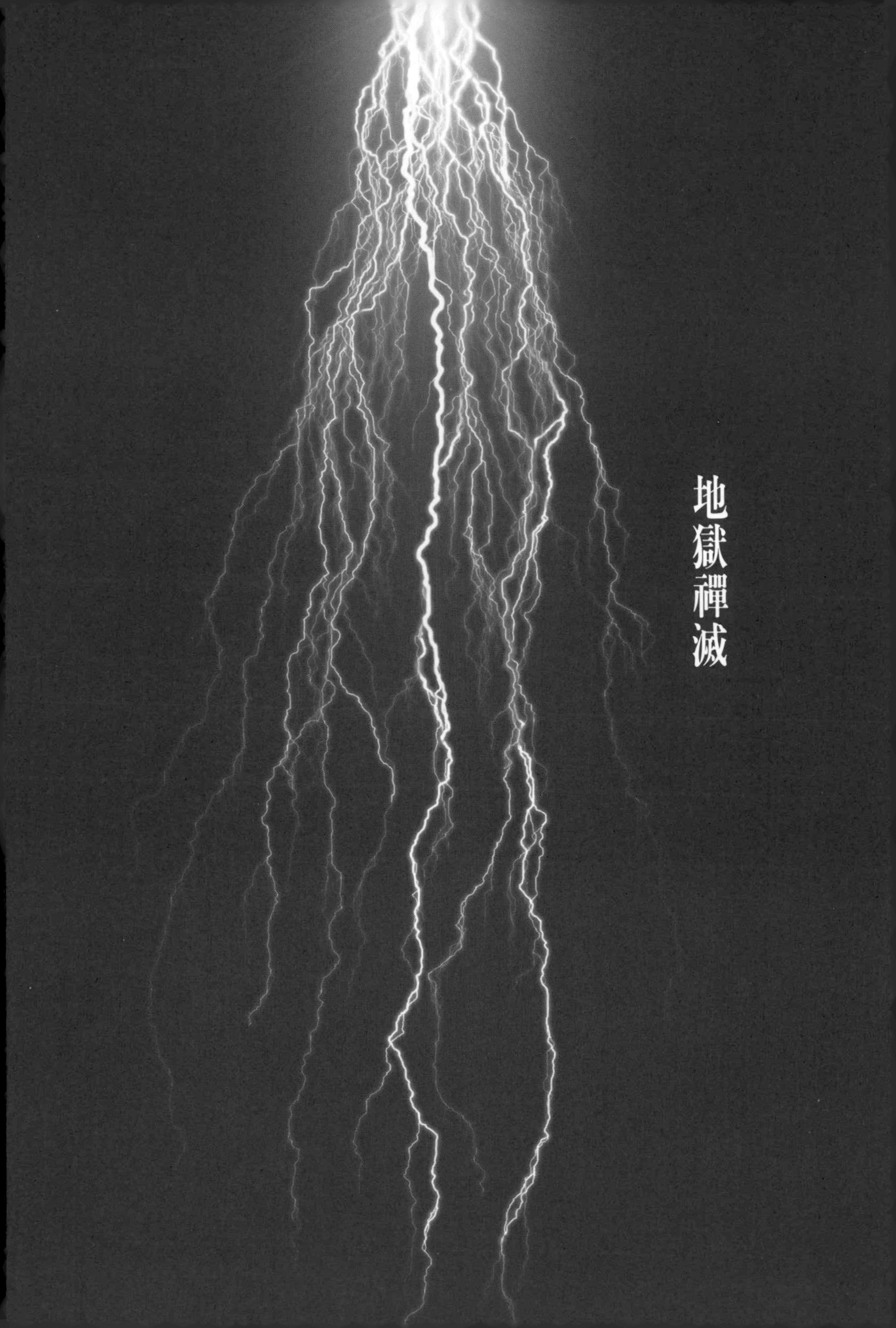
地獄禪滅

自序—2
第一章—蜘蛛廟—6
第二章—微戰—80
第三章—生門召集令—158
第四章—王中之王—248

第一章《蜘蛛廟》

新竹。

一個粗獷身影，正在新竹市中心的馬路上，奮力狂奔著。

他奔得好快，好急，掛在身上的狼毛披風，正逆風飛舞著，每個腳印落在地上，都讓大地微微震動。

他是狼人T，一個誕生於倫敦霧巷，一個曾在與開膛手傑克，在霧中詭戰中失去摯愛的男人，一個講信重義，卻深懷著悲傷的男人。

如今他來了，燃燒著火焰般的野獸能量，他來了，目標就是新竹城隍廟，一個血戰多時的關鍵之地。

這裡，正是羅剎王與鍾馗等神最後決戰之地。

廟內，三個人正彼此攙扶著，凝視著高高在上的那尊黑色佛陀。

古書有云，佛陀泛黑，乃墮落之象，若見則速避之，因為此佛已入魔，至凶至險之物也。

而這尊墮落之佛，正是濕婆四大手下最後、也是最強的一個。

羅剎王。

羅剎王居高臨下，凝視著那渾身血污的三人，這三人是正義一方的三名高手：橙色靈波的媽祖默娘、統御鬼兵鬼將的城隍，還有，古往今來最會抓鬼與鬥鬼地獄狀元，鍾馗。

「對手很厲害！」城隍蹲在地上，抹去嘴角湧出的鮮血，血中還泛著中毒的黑絲。「鍾馗老哥啊，默娘堅持要你離開，你不該再回來的，拉你陪葬真是抱歉。」

「什麼厲害不厲害的？這世界上，管他神魔人三界，沒人比我妹厲害，哈哈哈。」鍾馗還在笑，隨著他洪亮的笑聲，如鋼針般的鬍子隨之抖動。「更何況，往好方面想，這羅剎王底子這麼硬，絕對是濕婆底下數一數二的悍將，這不就表示濕婆這老傢伙，手下已經沒有猛將了？」

「樂觀。」一旁的默娘，淺淺一笑。彷彿受到鍾馗這份狂妄與積極的影響，圍繞在身邊的橙色靈波，又增強了幾分。

「我王濕婆沒有猛將？笨蛋！」羅剎王的表情一變，六隻手又再度舞動起來。「我一個人，就足以殺敗你們全部人了，何必要那些廢物！」

說完，羅剎六手中的一手，陡然握緊，然後整隻手散發濁綠色的光芒。

「波羅波羅密……波羅波羅密……」

「小心！」鍾馗銅鈴般的眼睛一睜，吼道。「猛招來了。」

此聲剛落，羅剎的手掌心，一大片黑色物體擴散開來，這物體是一張網子，由密密麻麻的黑線，往整座廟的四面八方張網噴射。

網子極度密集，加上黑絲一沾即黏，廟中的鍾馗三人，幾乎無處可躲。

「絲有毒，提防！」默娘秉持一貫少話天性，連提醒都言簡意賅。

同時間，她纖手朝上一托，僅存的橙色靈波，從手心中汩汩湧出，橙水在空中如一座噴泉灑落，如同一座橙色防護罩，穩穩護住了三人。

而防護罩才剛剛架起，夾帶著劇毒與尖銳的毒絲，已然衝到，一黑一橙，在空中正式碰撞！

「厲害。」城隍自言自語驚嘆。「無論是橙水，或是毒絲！」

橙水與黑絲一觸碰，代表的是兩大絕學的零距離交手，奪命的蜘蛛毒絲與普世救人的溫柔橙水。

兩者爆出白煙，頓時僵持起來。

「不妙，默娘受傷後的力量有限，危險。」鍾馗皺眉，右手握緊毛筆。

只見小廟中，黑絲越射越多，越射越密，到後來整個防護罩被黑絲緊緊包圍，宛如一座大繭，只是黑絲源源不絕，只差一步就要破橙水而入。

而藏在防護罩中的三人，只聽到四面八方都是激烈的毒絲與橙水燒燃聲，濃煙不斷噴出，彷彿深陷濃霧之中。

「怎麼辦？」城隍的鐵棍正在發顫，「橙水，好像越來越……薄了？」

沒錯，在黑絲的猛攻下，橙水逐漸薄化，待在防禦圈內的眾人，更強烈感受到那不斷撞擊的黑線，正逐漸進逼。

「默娘，唯一的辦法，」鍾馗見狀，多年的戰鬥經驗，讓他做出瞬間的判斷。「凝固妳的橙水。」

「凝固？嗯，原來如此。」默娘何等聰明，她點頭。

她一咬牙，催動僅存的靈力，橙光大現，只見如同噴泉般的橙水，流速開始減慢，表面沉重而緩慢，到最後就像是岩漿遇到了低溫，變成了一塊橙色大石。

千絲萬縷的黑線，也終於被這凝固的橙色大石，給硬生生阻擋在外頭。

「漂亮。」城隍喘了一口氣，緊握鐵棍的手，滿是冷汗。「這黑絲雖然懷有劇毒，可是無法穿透太硬的物體，鍾馗，這招漂亮。」

「不，是默娘厲害。」鍾馗仰著頭，此刻硬住的橙色防護罩，雖然如鋼鐵般堅硬強壯，可確實防堵毒絲穿入，但缺點是遮蔽了眾人視線，無法觀察外界的情況。「羅剎王論智慧雖然不及象神，但論殺傷力，絕對是濕婆底下第一人，更何況，他只用了第一手而已。」

「羅剎王不死之謎，若無法解，勝利無望。」默娘也開口了，她想起的是她之前傾全力打出的熔岩橙海，竟沒有辦法傷到羅剎王分毫，究竟羅剎王的祕密是什麼？

要知道，默娘的戰鬥經驗雖然不如鍾馗，但畢竟是已經達到可視靈波的高手，以她傾全力打出的橙海，竟然完全傷不了羅剎王，不禁讓她心下惴惴。

「沒錯。」鍾馗沉吟。「如果我們無法弄清楚，為什麼羅剎王明明已經被橙海淹沒，卻沒有受傷？我們就無法真正擊敗羅剎王。」

「這肯定和他的特殊能……」城隍說到一半，臉色微變，轉頭看向背後的橙色防護罩。「咦？你們有沒有聽到什麼聲音？」

聲音？眾人一靜，果然，堅硬的防護罩，不知道何時，傳來一陣又一陣「嘰嘰嘰嘰嘰」的低響。

而且聲音越來越密集，彷彿有什麼數量極多的生物，正如同潮水般，不斷爬向防護罩。

城隍驚疑不定。「什麼東西，在防護罩上爬嗎？」

「爬？」鍾馗和默娘互看了一眼。

他們不約而同的想起了一種生物，劇毒、兇悍，行跡遍及全世界，雖是昆蟲形態，卻是連鳥獸都畏懼的黑夜女王。

蜘蛛。

「小心。」默娘低呼，因為她發現，防護罩上出現了一個小小的異樣隆起。

越隆越高，越隆越大，彷彿有什麼東西正要從隆起中爆開。

「該死，他們……他們要鑽進來了！」城隍聲音難掩驚惶。「隆起的上頭，有，裂縫，裂縫出現了……」

只見裂縫越來越大，山丘也越隆越大，已經超過手掌大小，轉眼就是半個人的寬度，表示在山丘的後方，一股狂暴而繁多的力量，正不斷的往內鑽，鑽，鑽！

裂縫，馬上就要被鑽開。

而鍾馗三人，此刻在這狹窄的防護罩內，無處可躲，只要敵人一攻入，倖存的機率，肯定是零。

「所有人退開！」忽然，鍾馗發出低吼，看著裂縫已經脹到了極限，就要炸開。

鍾馗趨身向前，同時一個彎腰，甩身，原本扛在背上的巨大毛筆，唰的一聲，出鞘。

豪筆一出，誰與爭鋒。

「絕招，永字八法！」鍾馗的雙手握住巨大毛筆，從左至右，靈力化成濃烈墨汁，橫空掃向眼前這隆起。

而這裂縫卻在這時候，猛然停住。

然後，微微收縮。

「來了！」城隍大叫。

「破了。」默娘的手緊握。

破了！裂縫中，無數的黑色蜘蛛，不斷蠕動的黑色蜘蛛，如硫磺黑水，轟然衝入。

而鍾馗的筆，剛好揮到了裂縫口，永字八法中最後一招，「磔」，悍然使出。

只是，在生死一線的瞬間，意外的，鍾馗的心神卻回到了自己的數個月前，收到亞瑟王信件的那個時刻。

數個月前，當鍾馗接到亞瑟王邀約的時候，他正好結束一趟出差旅行，回到了地獄第一層的家。

家中等待他的，是他最掛念的小妹，鍾小妹。

鍾小妹聰明絕頂，才智過人，個性卻害羞低調，只在哥哥面前露出她的真面目。

「哥哥，這趟任務還順利嗎？」鍾小妹正整理著書桌上那一整套的文房四寶——毛筆、墨汁、硯台，以及宣紙。

其中的毛筆，又粗又大，上面佈滿裂痕，是鍾馗的最愛，更是他多次降妖除魔的夥伴與武器。

若不是鍾小妹懂得運用靈力保養，這把曠世武器恐怕早就毀壞退休了。

「蒼蠅王給的這任務，當真是怪得要命！說什麼地獄第六層建木附近，發生了異常的空間破洞與『殭屍遷徙事件』，可能造成巨大的損害。」鍾馗搖頭。「我去一看，一隻殭屍也沒瞧見，只剩下地面上滿坑滿谷的壙洞而已。」

「墳洞？」鍾小妹一雙烏溜溜的機靈眼睛眨了眨。「那些墳坑會不會是殭屍群離開所留下的？」

「我也是這樣想。」鍾馗點頭。「殭屍在地獄裡面，與吸血鬼、狼人和龍合稱四大異族。其中，吸血鬼最聰明也最文明，偏偏會自相殘殺，所以不足為懼，狼人因為可以和人類交配，多數的狼人血統都被人類稀釋。」

鍾小妹接口，「站在狼人頂點的純種白狼，只是傳說而已。」

「沒錯，四大種族中的龍呢。」然後，是鍾馗繼續分析這件事，「它深藏在地獄十層，應承著聖佛的旨意，守護著嘆息之壁，但被蒼蠅王多次剿滅，也剩不多了。」

「所以，倒是向來安靜的殭屍族，因為數千年來保持原狀，種族完整，是地獄政府最大的隱憂。」鍾小妹說。「他們平常沉睡在地底，偶爾有一、兩隻覺醒，不太會造成傷害，但這麼大量的殭屍倘若真的覺醒，後果不堪設想啊。」

「可是奇怪的是，當我到了那裡，卻發現……」鍾馗看著小妹，搖了搖頭。「不見了，所有殭屍都不見了。」

「嗯。」

「地面上都是墳坑，但是卻沒看到半隻殭屍，甚至連傳言中的破洞也不見了。」鍾馗緊緊皺著眉。「現場瀰漫著極度詭異的氣氛，感覺上曾經發生過某件事，卻完全猜不出究竟是什麼？」

「嗯。」鍾小妹靈活的眼睛眨動，深深的思考著。

要知道上萬名殭屍的聚落中，裡面肯定有元帥等級的殭屍，甚至是千年難得一見的「皇帝屍」。

如此巨大的殭屍群落一旦覺醒，開始殭屍漫無目的的遷徙，沿路的村落或城鎮，肯定是全滅的慘況，其中若還有皇帝屍，危害更加慘烈。

但，怎麼會什麼都沒有發生？

而那個洞，那個奇怪的破洞，又到底和這些殭屍有什麼樣的關連呢？

「妹啊，可惜沒帶妳一起去，也許妳可以運用妳和我截然不同的毛筆，找出一些線索。」鍾馗聳肩，「妳老哥只會玩一個字『永』，打打鬼怪可以，但要像妳能展開全方面的探索，就差了那麼一大截！」

「哥，你豬頭啦，我是愛玩，所以東學西學湊齊拼出了一盤字，哪有你單練一種厲害，哼哼。」鍾小妹戳了戳鍾馗的胸膛，瞇著眼睛笑了。「對了，哥，你不在的時候，有個人送來了一樣東西喔。」

「哦？」

「一個怪東西，也是一個……我不想拿給你的東西。」鍾小妹喃喃自語，將自己的手心攤開，嫩白掌心之中，是一個古銅色的徽章。

徽章上的圖形透露著一種古樸的美，那是一輪太陽和環繞外圍的十二道光芒。

「這是，」鍾馗的表情驟變，深吸了一口氣。「太陽印記！」

「太陽印記？」鍾小妹何等聰明。「不會和那把太陽之劍有關吧？這看起來像是古歐洲的皇家戰徽……」

只是，鍾馗卻沒有理會鍾小妹的問題，卻忽然大笑起來，而他的笑聲中，不但沒有半點歡愉之意，更有著義無反顧的豪氣。

「來了，該來的總是會來，哈哈哈哈，總算來了。」

「嗯？哥……」鍾小妹聰慧的大眼睛，眨也不眨的看著哥哥。

「放心，哥哥這趟出去，還是會幫妳物色好對象的。」鍾馗笑。「上次遇到一個不錯的吸血鬼，難得的單身好男人，可惜他沒能逃過自己的劫難，當時妳在就好，妳的『說文解字』應該可以替他算出更準確的命運。」

「哥……」鍾小妹看著哥哥，秀眉越鎖越緊。

「我去收拾一下，又要出遠門啦。」鍾馗手一揮，轉身進到房間。

可是，他沒走幾步路，忽然腳步一頓，衣袖已經被人拉住。

拉的那個人，當然是鍾馗最疼愛的妹妹，鍾小妹。

「哥。」

「幹嘛？」鍾馗看著眼前自己最疼愛的小妹，忽然念頭一動。「妹，妳不會……妳不會已經用了『說文解字』了吧？」

鍾小妹低下頭，用力點了點。

「所以……」鍾馗嘆氣，「妳希望，我不要去？」

鍾小妹抿著嘴巴，沒有說話，她只是睜著大眼睛，看著這個堪稱地獄最會抓鬼的高手，看著眼前這個滿臉鋼刺鬍鬚的哥哥，看著這個老是在外面吹噓自己小妹有多殺多正的哥哥……

看著這個永遠可靠堅強，永遠保護自己的大男孩。

然後，鍾小妹發現哥哥的臉模糊了，被自己的淚水給弄糊了……

「妹？」

「哥，答應我一件事……」

「嗯。」

「如果，有人堅持要你離開。」鍾小妹眼睛中，淚光徘徊。「你答應我，千萬別回去，好嗎？」

如果有人堅持要你離開，千萬別回去，好嗎？

「答應？別回去？哈哈哈。」鍾馗發現了小妹眼中的水光，微微一頓，隨即豪爽的笑了起來。「我鍾馗又不是笨蛋，別人要我離開，我幹嘛又回去？」

「答應我。」小妹抿著嘴巴。「不管對方是不是你的好朋友，不管是不是中國中的善良女神，不管……」

「欸？妳的測字是不是算出了什……」鍾馗皺眉。
「哥！答應我！」
「呃。」鍾馗搔了搔鬍鬚。「好啦。」
「拜託。」鍾小妹的眼睛閉上，眼淚滑下。「一定要遵守，不然，不然……」
不然，哥，你恐怕逃不過這場大劫啊！

地點與時間，都回到新竹，那兇險的城隍廟中。
當橙色防護罩破碎崩潰，無數黑蜘蛛蜂擁而入。
鍾馗舉起手上的毛筆，以自身的靈力化為墨汁，奮不顧身攻向這群致命魔星。
永字八法，一招「策」加上一招「磔」，配上濃烈極具殺傷力的靈力墨汁，頓時擋住了爆湧而來的蜘蛛群，更替默娘和城隍爭取了珍貴的逃命數秒鐘。
這一刻，在漫天爆開的蜘蛛與揮灑的墨汁中，鍾馗的腦海畫面卻彷彿靜止。
他想起了妹妹。
那靈活大眼睛中徘徊的點點淚光，拉著自己的袖子，語氣幾乎懇求。
「哥，如果有人要你走，不管如何，都別回去，好嗎？」

想到這裡，鍾馗滄桑的笑了起來。

「妹，對不起，哥哥還是爽約了，就算默娘要我快走，我還是回到了這座小廟。」鍾馗笑聲中多了一份不捨，「對不起啦！」

笑聲中，他手上的毛筆揮開，一招「策馬入林」，毛筆成橫斬，由右而左的一條直線，破空甩了出去。

眼前翻湧而來的蜘蛛群，在這一橫斬之下，頓時爆散，漫天被甩退的蜘蛛屍體，和接下來湧入的蜘蛛群撞成一團。

混亂，情勢混亂到了極點。

「解開。」鍾馗這支巨大毛筆，在空中舞動。「默娘，空間太狹窄，若不解開這橙色防護罩，我們還沒被咬死，就先被擠死了。」

「好。」默娘的雙手一攤，深吸了一口氣，然後，防護罩開始緩緩褪去。

她無法預料解開防護罩之後，外頭會是什麼模樣，會有多兇險的陷阱在等待他們，但是，他們已經沒有任何退路了。

橙光褪去，廟中的光景，忠實的映在所有人面前。

這一剎那，包括見過無數鬼怪的鍾馗，歷經驚濤駭浪的默娘，統治鬼城的城隍，全都深深吸了一口氣。

這裡，真的是原本的城隍廟嗎？

這裡……

根本就是最險惡的，蜘蛛巢穴啊！

整座廟，縱橫交錯的黑絲佈滿，一張又一張蜘蛛網互相交纏，線上是數十萬隻種類不同的蜘蛛，急速爬動著。

位居廟的最中央者，千絲萬縷的中央位置，則是整場戰役的操縱者，羅剎王。

「歡迎來到，我寶貝們的家啊。」羅剎王冷笑，緩緩移動的六隻手，第二隻手再度握緊。

蜘蛛群，開始騷動起來。

「來了，到我後面。」鍾馗低吼，眼前的蜘蛛不僅開始移動，更像一道一道海浪般朝他們撲來。

而鍾馗雙手握住大毛筆，以身體運筆，配合精湛的武術，舞出了石破天驚的絕學「永字八法」。

永字八法，是四寶中「毛筆」的主要招數，招如其名，共分八法。

第一筆，名側，又名廝雀側翻，講究是精巧的攻擊。

第二筆，名勒，又名懸崖勒馬，講究的是在懸崖邊，勒住奔騰怒馬的收筆氣勢。

第三筆，名努，又名怒劍破地，由上而下的筆法。

第四筆，名趯，音「躍」，又名魚躍龍門，通常用在毛筆被敵人擊落，而鍾馗一手撈筆，趁勢反擊的逆轉招數。

第五筆，名策，「策馬入林」，講究的是馬鞭一揮，橫斬敵人頸部的狠勁，是專門對付大軍的招數。

第六筆，名掠，名冷鷹掠髮，此招講究的是分毫之間的距離，如天空中翱翔的老鷹，高速劃過女子長髮的精確與速度。

第七筆，名啄，啄透虛空，將力量集中於一點，連虛空都可擊破。

第八筆，名磔，音「哲」，此招稱為「庖丁磔牛」，此刀一過，天下萬物皆解。

永字八法，每招都獨具特色，搭配起來可以說是千變萬化，鍾馗的這招以毛筆為武器的招數，在他霸氣十足的靈力下，每一招，都將蜂擁而來的蜘蛛群，殺敗在數尺之外。

蜘蛛群雖然千萬，竟然攻不進鍾馗毛筆組成的一尺之內，反倒是鍾馗在毛筆黑色光幕中，隨著漫天亂飛的蜘蛛屍體，不斷往前推進。

「以毛為筆，以靈力為墨，可以展現這樣的威力，咯咯咯咯。」羅剎王瞇起眼睛。「中國的道術，也不能小覷啊。」

「鍾馗，不用擔心你的後面，有我們在！」城隍和默娘分站在鍾馗的背部兩側，負責保護鍾馗的背部，三人組成一道強而有力而默契十足的團隊。

城隍的武器是一對鐵棍，在城隍威風八面的棍法之下，每隻蜘蛛的身體都像是夜晚的煙火，點點爆開。

默娘則是使出最初等的可視靈波，橙水。雖然接連受到重創，但默娘善用水可變化的性質，一會硬如堅冰，一會柔如暖水，雖不若鍾馗強悍，優游在蜘蛛群中，自保綽綽有餘。

「是嗎？」羅剎王狂笑，「別忘了到現在為止，我六隻手，只用了兩隻！第三隻手還沒出來呢！」

「第三隻手？」眾人一愣，卻見到羅剎王的第三隻手，已然握住，光芒乍現。

「蜘蛛中的暴君，虎蛛。」

暴君，虎蛛？

城隍發現，自己已經被一大片黑影籠罩，他抬頭，見到一隻巨大的蜘蛛腳。

那隻蜘蛛腳巨大無匹，幾乎等於整個城隍的大小，腳上還覆滿了橘紅色鮮豔的硬毛。

如此鮮豔的顏色？蜘蛛不是專門藏匿在暗處的獵人嗎？為了偷襲獵物以及保護自己，通常會選擇與環境相同的花紋，可是，這隻暴君虎蛛為什麼會有這麼鮮豔的顏色？

除非，這隻虎蛛根本無須顏色保護，它，不是暗夜獵人，而是君王，君臨天下的暴君。

「小心！城隍！」鍾馗大吼。

這聲提醒來得太遲，暴君大腳落下，城隍避無可避，只能舉起了雙棍，擋向虎蛛的大腳。

卡。

城隍只覺得雙手一陣痠痲，手上的鐵棍，竟然被暴君的腳整個擊彎。

然後，第二隻蜘蛛腳已經從上而下，直直戳了下來。

「該死！」城隍扔掉雙棍，試圖用雙拳阻止暴君之腳。

可是，威力實在差太多了，城隍聽到自己雙臂骨折的聲音，暴君第二隻腳穿過崩潰的防線，直接掃中城隍的雙肩。

剎一聲，城隍鮮血狂噴，雙肩鎖骨在這一擊之下，同時粉碎。

「呼呼。」城隍一陣脫力，他雙肩下垂，張大嘴巴，拚命喘氣。

隨即，他卻看到了旁邊的默娘，滿臉驚駭，指著城隍自己的背後。

「背後？」城隍困惑，回頭。

這一秒，城隍的瞳孔放大，急速放大。

因為，暴君的第三隻腳，宛如橫甩的死神鐮刀，從旁邊橫掃而來，然後，噗的一聲。

世界，彷彿安靜了下來。

城隍只聽到水滴不斷低落的滴答聲。

低下頭，他發現，那不是水珠，那是血，還是從自己身上流出來的鮮血。

城隍的身體，被第三隻腳整個穿透，一大篷鮮血，從胸口和嘴巴中噴出。

「城隍啊！」一旁的默娘又急又怒。她不顧自己也深陷蜘蛛群，身受重傷，她纖手急舞，橙光宛如彩帶，在空中直甩了出去。

彩帶快速射出，纏住了暴君的第三隻腳。

「橙水，給我凝固！」默娘怒吼。

橙水硬化，體積自然收縮，這收縮來自大自然最無可抗拒的「熱脹冷縮」原理，堅硬如虎蛛腳，竟被這急速收縮的橙光硬生生給絞斷。

第三隻腳斷落，默娘急忙接住城隍，可是內臟重傷加上被胸口穿透，城隍已經氣息奄奄，眼見活不了。

「城隍。」默娘溫柔的丹鳳眼滿是淚水。「……撐下去。」

「我，我不行了。」城隍看著默娘，垂死的臉上，嘴角微微揚起，那是死亡前的溫柔體悟。「我很幸運，能和，妳與鍾馗，並肩作戰。」

「城隍！」默娘哀痛的悲鳴。

「妳，總是犧牲，自己，太孤單。」城隍的手，用力握住默娘的手。「還好，鍾馗，回來，別再讓，自己孤單了。」

「城隍……」

說完，城隍頭一側，最後一口氣，沒來得及吐出，就此斷氣。

正義方的一代猛將，竟在自己的小廟中，悄悄仙逝。

而另外一頭，擠斷一隻腳的虎蛛，則發出劇痛嘶吼，這份劇痛牽動著羅剎王，更讓他第三隻手斷了一根小指。

「好一個橙水，好一個可視靈波！」羅剎王咬著牙，「但別急，我特地為妳準備了另外一道菜。」

說完，羅剎王的第四隻手，無聲無息的握緊了。

默娘深呼吸，聚集僅存的橙水，雙手盤桓，準備迎擊羅剎王越來越猛烈的攻勢。

可是，一秒過去，兩秒過去，十秒過去。

卻什麼事情都沒有發生……

沒有鋪天蓋地而來的蜘蛛海潮，沒有突如其來的巨大蜘蛛腳，沒有，什麼都沒有……

為什麼？默娘疑惑的放下雙手，看著躲在深黑色蜘蛛網後方的黑色死神，羅剎王。

然後，默娘突然注意到，她身旁的鍾馗，眼睛慢慢睜大，帶點驚疑的看著她。

「別動……」鍾馗語氣緊張。「別動，千萬別動。」

「怎麼？」默娘秉住呼吸，疑惑的看著鍾馗。

「妳的脖子。」鍾馗的呼吸幾乎停止。「妳的脖子上，有一隻黑紅雙色的小蜘蛛。」

「黑紅雙色？」默娘皺眉。

「這種蜘蛛在中國沒有。」鍾馗握住毛筆的手，慢慢舉高，他無法控制自己正在顫抖的指尖神經。「但是，牠卻在世界的毒物排行榜上，赫赫有名。」

「毒物排行榜？」默娘心一涼，「難道牠是黑寡……」

「沒錯，牠就是黑寡婦……默娘，別動！」

鍾馗的手瞬間晃動，筆，登時點了下去。

這一點，用的永字八法中的第七筆，難度極高的「啄」。

如此巨大的筆，將力量集中於極小的一點，連虛空都會被啄碎。

因為，鍾馗知道，要讓默娘逃過這隻劇毒蜘蛛的攻擊，唯一的機會，就是比黑寡婦快，快一步啄殺這隻無聲無息的叢林殺手。

瞬間，毛筆的最尖端，超越了人眼能捕捉的速度，超越了人類能理解的精準度，插入了黑寡婦的身體裡面。

精準的，插入比小指頭還要微小的蜘蛛身體內。

「逮到了。」鍾馗的筆尖一抖，被穿透的毒中之王，嗚呼哀哉的往遠處飛去。

「謝。」默娘用力呼了一口氣，只是看到這隻偷藏在自己脖子上的小蜘蛛。

這一口鬆下，忽然間，默娘靈光閃動，她好像明白了一件事。

一件為什麼橙海殺不死羅剎王有關的事。

「不謝，這時候就特別想念我家那個正得超殺的小妹。」鍾馗抹去額頭的汗水。「她和我不同，擅拿小筆，對付這種小蟲厲害得多。」

「呵，鍾馗，我明白了，羅剎王之謎……」默娘話說到一半，忽然張大了嘴巴，聲音頓時停住。

「咦？默娘？」鍾馗看著默娘，忽然他看到一樣東西，這樣東西讓鍾馗的背脊整個竄涼。

在默娘的脖子上有著一個咬痕，極小的黑色咬痕。

那是蜘蛛的咬痕。

「默娘？」鍾馗顫抖著手，要拉住無法發出任何聲音的默娘。

但，默娘卻苦笑，搖了搖頭。

然後，她臉色驟黑，仰頭倒下。

「默娘！」鍾馗發出驚天動地的怒吼，衝上前，一手抱住渾身發黑的默娘。

此刻，羅剎王用千年淬鍊出的黑寡婦毒液，順著默娘的一身血液，流貫到全身，就算大羅神仙到來，也是性命難救了。

「撐住！」鍾馗渾身顫抖著，他可以感覺到，默娘的身體溫度正在急速下降。

死亡，正快速佔領她的每一塊肌膚。

「別死，城隍兄弟已經陣亡，妳又倒下，那我們要一起活下去的約定呢？」鍾馗聲音沙啞。「別死，求妳，別死。」

默娘無法說話，睜著一雙眼睛，顫抖的，伸出了她的手指。

她想要告訴鍾馗，她在剛才好不容易領悟的那件事，關於羅剎王不死之身的祕密。

「妳要寫什麼？」鍾馗急忙伸出自己的手掌，而默娘的手指，艱辛的寫下了幾個字。

默娘用逐漸失溫的手，一筆一筆，寫下了第一個字。

「本？」鍾馗一愣。默娘為什麼要提到這個字？

默娘咬著牙，額頭上冒出一顆又一顆冰冷的汗水，她可以感覺到她越來越無法控制自己的指尖了，意識正急速從她體內流失。

她必須在死亡來臨前，把她最重要的訊息給留下來。

下一字，更讓鍾馗困惑了。

「骨？」

默娘的手，不斷抖動著，她仍堅持寫完下一個字。

「曲？」鍾馗更困惑了，失去聲音的默娘，究竟要說什麼？

然後，默娘的眼睛終於閉上，吐出了最後一口氣，同時，她最後一個字，也終於寫完在鍾馗的手上。

「豆。」

鍾馗滿臉疑惑，看著自己的手上，剛才默娘用顫抖的指頭，所遺留下的觸感。

本，骨，曲，豆？

這四個字究竟是什麼意思？又和羅剎王有什麼關係？

然後，默娘笑了，很溫柔的笑了。

那是可以讓海面平靜的笑，是狂風暴雨中偶然射下的金色陽光，那是小孩忘記哭泣的慈母笑容。

鍾馗知道，默娘這最後一笑的意義，那是鼓勵，她連生命最後一刻，都想傳遞給鍾馗慈母般的溫暖。

而鍾馗的眼淚，終於忍不住奪眶而出，因為默娘不動了，身體完全失去了生命的脈動。

終於，鍾馗慢慢的放下了默娘，她帶著最後慈悲的笑容，離開了地獄遊戲，通往另一個不知名的世界。

這秒鐘，鍾馗閉上了眼睛。

他的心，因為默娘的笑容，而平靜了下來。

他彷彿感覺不到周圍如潮水般正不斷流動的蜘蛛，彷彿感覺不到正散發濃厚妖氣的羅剎王，感覺不到極度劣勢的的處境。

他只感覺到，那杯熱茶。

他來到地獄遊戲時，城隍廟前，城隍兄弟與默娘兩個人，正坐在小桌前上，笑著對鍾馗招手，桌上的茶正飄著裊裊香氣。

「有朋自遠方來，不亦樂乎，哈哈哈哈，鍾馗兄，久違啦。」城隍大笑，順手沖了一壺茶。

而默娘則是雙手舉起了杯子，羞怯且真誠的笑容。

「鍾馗兄，很高興，你來了。」

然後，鍾馗笑了。

兩條溫熱的水流，縱橫交錯的，滑過了自己的臉頰。

數個月前。

在接到來自亞瑟王徽章後的那個晚上，鍾馗走到後院，一堵被命名為「練字牆」的前面。

這堵練字牆，乃是蒼蠅王所贈，採用的是地獄第九層深處的千萬年堅冰，更是當今用來鎖住群魔的監獄材質。

鍾馗相當感激蒼蠅王的贈牆之恩，因為若不是這堵牆，鍾馗無法暢快的練習「永字八法」，破壞力太驚人的永字八法，足以破壞地獄中任何的物質。

雖然，鍾馗知道，蒼蠅王真正目的不只是贈物而已，而是拉攏。

拉攏自己，以及那個害羞低調，卻聰明絕頂的妹妹。

「接下來的戰鬥，恐怕是我生平所險惡的時刻，」鍾馗嘆氣。「但是我卻始終無法領悟永字八法的合一，棘手啊棘手。」

想到這裡，鍾馗拿起了毛筆，回想起百年前與舅舅的一戰，手腕輕抖，舞動起來。

永的第一招『側』，就是這招，鍾馗擋掉了舅舅從旁邊繞來，軌跡神出鬼沒的香蕉球。

還有第七筆『啄』，講求精密攻擊性的啄，破解了舅舅變化萬千的潛水艇魔球。

最後，當然是『磔』，橫斷天空的磔，只見磔筆一過，遠處的牆上，甚至被靈氣畫出一條筆痕。

庖丁磔牛，和舅舅的倒掛金鉤，戰成了險勝。

那場比試，對鍾馗來說，當真是過癮到了極點的比試，兩個實力相當的對手，總是能在比賽中碰撞出精采的火花。

讓更神奇，而且更美妙的招數，從自己手上誕生。

這就是所謂的「武逢對手」嗎？

強者與強者之間，誕生獨一無二的「武道」嗎？

只是，如此可敬的對手，臨別的贈言「八法合一」卻成為鍾馗日後心中的一個巨大障礙。

到底，何謂八法合一？

鍾馗深信舅舅的眼光，更知道這是一窺更高武學奧祕的關鍵，偏偏自己就是怎麼樣也解不開。

這晚，艱苦戰役即將來臨的壓力，讓鍾馗拿起筆，凌厲的靈氣如同刀劍，在牆上寫下一個又一個的永字，偏偏，永不成永，筆畫散亂。

八法，各自獨立，各自精彩，偏偏就是無法合一。

「難道，」鍾馗嘆氣，「是那個叫做舅舅男人眼光錯了，永字八法是無法合而為一的？還是我缺少了什麼？」

「哥。」這時，鍾小妹端著一碗熱湯，坐到了哥哥的身後，「練累了吧，喝點湯吧。」

「不餓。」鍾馗搖頭，此刻的他沒有任何食慾。

「是嗎？」鍾小妹甜甜一笑，走到了牆邊，雙手負在背後，凝視著牆上凌亂的筆跡，七八十個「永」字，互相重疊，有的像是斧頭般深鑿入牆面，有的則只留下淡淡隱痕。

這面牆上，堆滿了宿醉未醒的永字，歪七扭八的躺在一起，足見寫字者的心情是如此的混亂。

「哥，看樣子，你還沒能找到解答啊？」

「不容易。」鍾馗摸著自己的鬍子，猛搖頭。「要讓八筆，側，勒，努，躍，策，掠，啄，磔，每筆都獨立存在，要八法合一當真不容易啊！」

「哥。」鍾小妹拿起了桌上一隻小毛筆，溫柔的笑了。「其實八法合一難歸難，卻非不可達到喔。」

「喔？」鍾馗睜大眼睛，「小妹，難道妳看出了什麼……？」

「哥，單論一筆威力，我遠遠不及你……」鍾小妹拿起筆，慢慢走到牆邊。「但我可是旁觀者，正所謂旁觀者清啊。」

「嗯，所以……」

「你的每一筆斧鑿痕跡都太過清楚，每一筆都太強勁。」鍾小妹聰慧的眼睛眨啊眨。

「問題就在於你每招都練得太強，強得無法彼此包容。」

「太強？強到無法包容？」

「我練的說文解字啊，講究字內的含義，每一筆雖然沒有很強的威力，但卻更重視維持平衡。」鍾小妹掏出自己的小筆，在佈滿著鍾馗筆跡的牆面上，小心翼翼的劃上第一筆。

這是永字的第一筆，側。

「平衡？」鍾馗喃喃自語，「我的強，強得無法包容，所以失衡了嗎？」

「沒錯。」鍾小妹側著頭，專注的把自己的永字，一筆一劃寫在牆上。「而要平衡，說難很難，說簡單卻又很簡單。」

「怎麼說？」

「哥。」鍾小妹的「永」字，已經落到最後一筆。「要平衡，就必定要有所取捨，也許磔這一筆，你寫得極美，但對整個永字來說，磔太顯眼，讓永字像是尾巴過大的貓，這樣的貓怎麼會跳得高？」

「嗯，取捨，取捨？只是要如何取捨？」

「你要知道，」鍾小妹的手一晃，收筆。「你要的是什麼字？你動筆前，想要什麼樣的字？或者說，你戰鬥的一開始要的永字，究竟是什麼？」

「戰鬥的……開始？」鍾馗喃喃自語。

「問自己的心吧。」鍾小妹把筆放在桌上，而堅冰之牆上則多了一個細巧的永字。「永字八法的合一，就在最開始的地方，那地方就叫做『初衷』。」

「初衷？」

「是啊，你再想一想吧。」鍾小妹寫完了字，將毛筆往桌上一放，嫣然一笑，「記得喝湯喔，哥。」

說完，鍾小妹就推門離開了，徒留鍾馗一人，愣愣的看著牆面上的那個永字。

平衡？初衷？取捨？要寫好一個字，並不是每一筆都要盡善盡美，而是找到一開始寫這個字的動機？以及，這個字，究竟為誰而寫？

難道，八法合一的關鍵，就在這兩個字「初衷」上面嗎？

就在鍾馗苦思之際，忽然，他聽到了一個聲音。

卡！

那是來自堅冰之牆的聲音。

卡，卡卡卡……

鍾馗猛一抬頭，他看見了一件令他極度詫異之事。

堅冰之牆，那曾經抵擋無數破壞力筆法的牆，此時此刻，竟然開始碎裂，而碎裂的起點，正是鍾小妹的那個「永」字。

小妹的永字，竟然穿破了這不滅之牆？

那小小的永字，看起來並不顯眼，單一筆劃都平凡毫無特色，但合而為一之後，卻給人一種極度的美感，就是這份美，粉碎了地獄第九層的萬年堅冰。

永字平衡的力量，可想而知。

「最開始的地方？」鍾馗愣愣的看著自己手上的巨筆。

我最開始的地方，究竟是哪裡？

而我，究竟為何而寫？

新竹，城隍廟中。

鍾馗的背影，放下了默娘的身體，緩緩起身。

他的動作緩慢而安靜，但，所有的蜘蛛群，卻隨著他的動作，一步一步往後退，越退越遠，越退越遠……

最後，竟退出了一大片空地。

那是動物對強的恐懼本能，這份本能告訴蜘蛛們，怪物，已經誕生了。

而這怪物的名字，就叫做鍾馗！

鍾馗的背影不動，只是靜靜的聳立著。

周圍的空氣，卻冷到讓人渾身顫抖。

然後，他的手，一點一點，旋緊了巨大毛筆。

「羅剎王。」鍾馗慢慢回頭，臉頰上的淚已經乾了，取而代之的是寧靜，還有寧靜中絕對凜冽的殺氣。

「曾經，有個男人對我說，永字八法有更好的寫法。」

「哼。」羅剎王從半空中直接落地，如同一隻蜘蛛般伏在地上，蜘蛛軀體上長著一顆佛頭，形態詭異。

他僅存的兩隻手，一左一右，張牙舞爪，發出兇猛氣勢。

「咯咯，不過就是一個永字而已嘛。」羅剎王尖銳咆哮，「你別忘了，我還有兩隻手，更何況，連那進入可視靈波境界的默娘，都傷不了我，你以為你能殺我嗎？」

「你可以試試看。」鍾馗還是沒有轉頭，他只是緊緊握住了毛筆。

然後，他的筆一揮，即收。

「教你一個乖，這招是庖丁磔牛。」

羅剎王嘴巴張大，他的一隻手，不知道什麼時候，竟剩下手腕而已。

連使都還沒使出來，第五隻手，就這樣被鍾馗破去。

「吼，我的第五隻手啊！」羅剎發出悲鳴，第六隻手，發瘋似的竄了出去。「第六手，蜘蛛鬼面！」

這一剎那，整座廟陷入一片黑色的黑暗中。

而這片陰森的黑暗中，一張巨大的鬼臉浮了出來，瞬間又躲進了黑暗中。

「鬼臉蜘蛛，利用身上的圖騰，擊殺受驚嚇的獵物，能操縱心理，是叢林中最高明的獵人。」

鍾馗緩慢甩動起自己的毛筆，自顧自的說著。「自從遇到那男人之後，我一直在想，到底要怎麼將永字一氣呵成的寫完？」

鬼面蛛躲藏在黑色的濃霧中，發出各種怪異的聲音，或低沉呢喃，或高聲尖叫，更繞著鍾馗時而出現，時而躲藏，氣氛極為詭異。

但，鍾馗卻絲毫不為所動。

他只是揮動著筆，規律的揮著筆。

一下，又一下。

「他說的話，我記在心中，可是經歷了數百年，我卻始終無法將永字一氣呵成的寫完。」鍾馗凝視著眼前的黑霧。「我不斷問自己，自己究竟少了什麼？」

黑霧的鬼面躲藏著，在一片尖嘯鬼語中，它慢慢的移向了鍾馗的背後。

鬼面臉上的顏色共有三種，憤怒的紅、悲傷的藍，以及冷漠的白，三色構成一張讓人情緒失控的鬼臉，在黑霧中忽引忽現。

「要一口氣寫完永字，到底需要什麼？是更精練的筆法？更高強的靈力？甚至是更多的戰鬥經驗？究竟什麼東西，是我所缺少的？」

鬼面，已經從黑霧中出現，而且距離鍾馗的背部只剩下短短的一公尺。

一公尺，這絕對是足以秒殺敵人的距離。

「後來，我那超正的妹妹說，」鍾馗嘴角揚起，想起自己的妹妹，總能讓鍾馗微笑。「我不是少了什麼？而是我忘了，自己最開始的地方是什麼？自己為什麼要戰鬥了？」

就在這時，鬼面終於停止了潛行，然後它開始發出一種迴音的尖叫，迴音在小廟間來回震盪，讓人渾身雞皮疙瘩無盡湧現。

尖叫配合黑霧，鬼臉，簡直就是一場以恐怖為名的驚悚筵席。

只是，鍾馗卻不為所動。

「在漫長的戰鬥歲月中，我修煉著八法，一如我試圖去湊齊人生完美的拼圖，人際關係、戰鬥手法、野心、慾望、親情……每一筆，我都練得爐火純青，每一橫，我都練得無懈可擊，可是，有一天，我卻發現，八法竟然各自分岔，再也找不到合一的路。」

黑霧和尖叫聲中，鬼面悄悄進逼，那張自然生成於蜘蛛背部的怪異圖形，不僅陰森，更是恐怖，眼看就要吞噬鍾馗。

「直到剛才，我才從默娘身上明白了，原來我為何而戰？第一次自己戰鬥的目的是什麼？第一次寫出永字的心情？八法要合一，就要捨棄每一筆的最完美，彼此協調，然後同時回到原點。」鍾馗越說，手上的筆也就越快。「回到最開始的地方！雖然拙劣，卻才是一個真正完整的字。」

鬼面從黑霧中透出，鍾馗的身體，已經完全在它的口中。

「那個開始，從看到默娘的微笑，從我小妹身上，我忽然懂了。」鍾馗轉身，直接面向鬼面蜘蛛，「我為什麼練字，是因為我想保護。」

然後，鍾馗不斷甩動的筆，咻的一聲，伸了出去。

空中的筆，一個「永」字悍然成形，如閃電破空而去。

「去保護，」鍾馗笑了，笑中是義無反顧的灑脫。「所有我喜愛的東西，重要的東西，那東西，好像就叫做，愚笨卻可愛的凡人們。」

這永字，沒有以往的永字八法那麼美，那麼精純，卻展現出一種質樸的力道，每一筆雖然拙劣，卻譜成一個無懈可擊的永字。

初衷。

只要回到起點，回到自己為保護他人而戰的起點。

永的八筆，就會合而為一。

只見永字瞬間印入了鬼面的眉心，讓黑霧中的鬼面的動作陡然停住。

然後，鬼面的眉心裂開，一點點金色光芒流洩而出。

「混，蛋。」鬼面臉上的色彩圖騰開始重新排列，由原本的嚇人怒臉變成了哭臉。「竟然，有這樣的招數。」

然後，它腦門的光芒暴湧，裂口更是順著金光，瘋狂的往外延伸。

「吼啊啊啊。」羅剎王悲鳴，而黑霧鬼面更在這聲悲鳴之下，碎成了千萬片。

第六隻手，也破成了碎沙。

只是，當羅剎王痛失第六隻手之際，他赫然發現，一支筆，如閃電般穿過了漫天飛舞的鬼面碎片。

筆心上的狼毫，就這樣停按在羅剎王的頭上。

「啊啊。」羅剎王這剎那，感到背脊全是冷汗。「鍾馗……你……」

「安息吧。」鍾馗的筆，微微下壓，一個灑脫的永字再度成形。「來自印度的墮落之佛。」

「不……不要！」羅剎王尖叫。

可是，它的眼前，已經看不到任何東西了，它的眼睛變成了碎沙，耳朵也變成了碎沙，它的整顆頭顱，全數變成了碎沙。

羅剎王的頭粉碎，黑霧立刻向四方急速捲退，地上殘留的，是失去頭顱的大蜘蛛屍體。

倒下了，羅剎王終於倒下了。

這場戰役，終於在連續陣亡默娘與城隍後，在鍾馗揮出最後一筆永字的這剎那，劃上了句點。

悲涼且哀傷的，劃上了句點。

戰鬥結束，收筆。

鍾馗重重的吐了一口氣，踩過滿地逃竄的黑色蜘蛛群，走向躺在地上的默娘與城隍屍體。

「贏了。」鍾馗單膝跪下，對眼前這兩個最值得尊敬的夥伴，致上最深的敬意。「親愛的夥伴，我殺了羅剎王，替你們報仇了。」

說完，鍾馗的筆一甩，八法合一的字呈現出最強勁也最誠意的力量，地面上的默娘與城隍屍體，瞬間燃燒起來。

看著火焰帶走兩位好友的屍體，逐漸化成一地的道具，鍾馗閉上眼睛，那濕濕的淚光，又再度在臉頰滑落。

「一路好走啊，老友們。」

說完，鍾馗起身，深深吸了一口氣，將巨大毛筆甩上了肩膀，大步朝向廟門走去。

只是，鍾馗沒走幾步，卻在這片不斷逃竄的蜘蛛群中，停了下來。

「不對……」鍾馗寬大的背影，有了遲疑。

「為什麼，羅剎王已經死了，這些他魔力化成的蜘蛛，卻……還活著？」鍾馗的肩膀，慢慢的顫抖起來。

「還有，默娘。」鍾馗自言自語。「妳在死前，所留給我最後的訊息，關於羅剎王不死之謎的『本骨曲豆』，究竟是什麼意思？」

究竟，是什麼意思？

「難道，我漏掉什麼了嗎？」鍾馗喃喃說到這裡，忽然間，他聽到了一個聲音，正在他的耳邊響起。

這聲音，讓鍾馗宛如墜入最寒冷的地獄中。

「你忘記囉？」那聲音邪惡且熟悉，正是羅剎王的笑聲。「忘記我連橙海都殺不死哩。」

這剎那，鍾馗大吼，同時右手往後拉住毛筆，就要抽出。

『羅，剎，王？！』

可是，他慢了一步。

究竟是慢了一步。

他的手還沒來得及抽出毛筆，一根尖銳且粗大的蜘蛛腳，就這樣從鍾馗的胸口透了出來。

血，噴上了樑柱，然後一滴一滴滑落。

「可……可惡……」鍾馗的手，不斷發抖著，想抓住背後的毛筆，可是被巨大蜘蛛腳貫穿的身體，力量就像血液一樣，不斷流失。

「別掙扎了，親愛的鍾馗。」羅剎王的臉在鍾馗的耳後，輕柔而卑鄙的笑著。「你的心臟被我貫穿，你沒機會反擊了。」

「可……可……惡……」鍾馗剛硬的鬍碴上，滿滿的都是自己吐出來的鮮血，可是他的手仍顫抖著往後掏，他想要抓筆。

他，還沒有放棄。

好不容易，他從默娘的死，找到了解開八法合一的祕密，他不想死。

一點都不想死在羅剎王這混蛋手下啊。

「還真能撐啊！」羅剎王獰笑一聲，第二根蜘蛛腳，已經又從鍾馗的身體穿了出來。

這次破掉的，是胃。

以及取走更多的鮮血與生命力。

「可……可惡……」鍾馗的眼眶濕了，他的指尖碰到了毛筆，顫抖著，他握住了筆，可是，他抽不出來。

「真是太強韌了，真令人著迷啊寶貝。」羅剎王再度獰笑，第三根蜘蛛腳，再度出現在鍾馗的右胸前。

這次拔出來的，是肺。

「連肺葉也破了，看你還能撐多久？」

「我……」鍾馗咬著牙，眼淚在眼眶打轉，他的指尖撈住了筆，卻發現，自己怎麼用力，都無法將筆抽出來，他沒有力氣了。

一點力氣都沒有了。

可惡，我還不想放棄，我還不想放棄啊！

「再見了，親愛的鍾馗！」羅剎王的三隻腳在這個時刻同時拔起，鍾馗發出怒吼，三道血柱隨著這一拔，猛然噴了出來。

可是，這道血柱卻慢慢的減低，因為鍾馗的一身象徵著生命力的血液，已經流乾。

他的手，始終沒能在最後一刻揮出毛筆。

「逆，轉，勝！」羅剎王呼呼的喘氣，「我愛透了這種感覺了，只是這場戰鬥太傷，至少要練個百年，才能讓元氣恢復了。」

此刻，倒地的鍾馗的視線慢慢模糊，他知道那不是淚水，那是生命正在從體內消失的證明。

最後，他終究沒能打敗羅剎王，他沒能替城隍和默娘報仇，他還辜負了鍾小妹的叮嚀，他選擇了回到廟中，卻沒能救回任何人……

默娘最後的那行字「本骨曲豆」，是最後擊敗羅剎王的關鍵，但他卻沒能解開，如果，如果小妹在就好了，以她的聰明才智，一定……一定可以……

但，此時此刻，鍾馗的眼睛卻忍不住的用力眨動，這次，並不是因為生命衰弱而產生的模糊。

而是，他看到了一個東西。

一個，原本不在破廟地板上的東西。

那是一支毛筆，一支小小的毛筆。

在鍾馗呼吸停止之前，他最後的記憶，是一隻溫柔的手，正輕輕的闔上自己的眼瞼。

然後，那溫柔手的主人開口了。

「睡吧，這一路的戰鬥辛苦了。」一聲音聽起來有那麼一點悲傷，一點溫柔，卻有著更多的堅毅，那是鍾馗熟悉無比的聲音。「哥哥。」

鍾馗的手，緊緊的抓住鍾小妹的手，他還有話要說。

「哥，我知道。」鍾小妹把耳朵附在鍾馗的耳邊，輕柔的說著，「我已經解開『本骨曲豆』的祕密了。」

「吁…」聽到鍾小妹這句話，鍾馗身體先是微微一顫，然後長長吐出了一口氣後，終於真正的鬆下了這一口氣。

歷經了多少惡戰的身軀，他確實累了。

他要去找夥伴了，那些曾經安心託付彼此背部的夥伴們。

因為，接下來要代替他上場的人，論聰明，論智慧，甚至論戰鬥力，這人，都不在自己之下。

她只是太低調，所以沒打算在各層地獄中留名。

但是，她的強，鍾馗知道，試圖延攬她的蒼蠅王也知道。

她，就是正得超殺的妹妹。

鍾小妹。

她，絕對會把羅剎王打成碎片，送回印度地獄去的。

羅剎王看著鍾小妹纖細的背影，他不斷集中精神，凝聚著自己連番激戰後，殘餘的力量。

不錯，還有四成左右。

要宰殺這個從來沒聽過的無名之輩，應該是綽綽有餘了。

只是，羅剎王卻有些疑慮和困惑，這些困惑讓羅剎王不敢隨意妄動，那就是……

「這個看起來嬌弱的中國女孩，究竟是什麼時候進到廟裡的？」

「在佈滿了黑色絲線與亂爬蜘蛛的廟中，怎麼可能還有人能鑽過自己的眼皮下，來到廟中？」羅剎王心裡的困惑不斷升起。「難道是剛才的戰鬥太驚險，自己完全沒注意到嗎？」

而眼前這女孩，竟然敢硬闖巢穴，是因為太傻？還是就是太強，強到無所畏懼？

會是後者嗎？羅剎王直覺的收起了自傲之心，僅存的四成力量，曾經翻覆印度超過千年的力量，正如滾滾恆河不斷積蓄。

看樣子，後面還有一場硬仗要打呢。

「我哥哥啊，每次都和別人說我很可愛，很漂亮，也不管我聽起來會不會害羞。」鍾小妹低著頭，用纖細的手指，親手闔上鍾馗的眼瞼。

「更好笑的是，他生平最擔心的事，竟然是自己的妹妹嫁不掉？老是唸著說，女孩年紀大了總是要結婚的，別擔心哥哥，找個好歸宿，哥哥才能放心。」鍾小妹一滴眼淚，從臉頰滑下。「結果他那個任性的妹妹，依然不斷拒絕求愛者，一直拖了幾百年，甚至進入了地獄，還是單身，呵，哥哥你一定氣死了吧。」

「但是，哥哥你知道嗎？」鍾小妹的另一滴眼淚，又順著另一邊臉頰滑下。「我不是任性，更不是Tgirl，你的妹妹只是擔心你，一如哥哥你擔心我一樣，我若找到了歸宿，留你一個人，我又怎麼放得下？」

「哥，你的一輩子，都在為正義奮鬥，都為理想堅持，為了追求地獄聖佛的理念而戰鬥，只是人心險惡，鬼怪叢生，地獄最近幾年又異狀頻傳，你只好一直拿著筆作戰，一直朝著永無止境的夢想邁進。」鍾小妹笑，「這樣的你，好笨，卻又偏偏笨得很帥。」

「終於，哥，現在你可以休息了。」鍾小妹低下頭，滿頰的淚水，慢慢低落在鍾馗的臉上。

只是，這個總是豪爽大笑的哥哥，這次卻不再睜開眼睛，得意的說，自己的妹妹多正多美了。

他睡了，永遠的睡了。

「哥哥，你放心，因為你沒完成的事情……」鍾小妹笑了，這份笑，包含著無比的決心。「我，一定會幫你完成。」

鍾小妹垂著頭，對鍾馗的屍體，深深一個磕頭。

「我，鍾小妹，從今天開始，正式宣佈加入地獄遊戲，會繼續貫徹哥哥理念，而第一件事……」鍾小妹的眼淚，滴落在她磕頭的地板上，「就是，擊殺這個印度來的魔神，羅剎王。」

「妳要擊殺我？哈哈哈！」羅刹王在背後，發出驚天動地的狂笑，「數千年來，我只敗過兩個人，一是濕婆，二是那個I開頭的女神，象神做不到，孔雀王做不到，可視靈波的默娘做不到，就連妳哥哥也做不到！」

「……」鍾小妹沒有回答，只是慢慢的起身，生性愛潔的她，慢慢拍去身上的灰塵。

「就算妳會點小技巧，能瞞著我溜進廟中，那又如何？」羅刹王面目猙獰，黑色的六隻手再度出現。

雖然六手的力量都只剩下四成，但是仍然是天上地下，最難纏的魔力集合體。

「……」鍾小妹依然沒有回答，她慢條斯理的從懷中取出了一支毛筆，這毛筆沒有鍾馗的巨大與豪氣，她的筆，剛好小手盈握，精巧低調，一如她的外在與性格。

「我馬上送妳去見妳哥哥，『馬上』不見得每件事都會變好的！」羅刹王憤怒的咆哮。

「別迷信沒有根據的傳說！」

「羅刹王。」鍾小妹右手執筆，左手則拿起了硯台。「我並不迷信，但是我已經解開了你的不死之謎。」

「咦？」剛才狂妄的羅刹王一呆。

「本骨曲豆，是默娘死前用手指頭在哥哥手心寫的四個字，但是讓哥哥誤解了，這根本不是四個字。」鍾小妹以手腕輕柔的帶動起小毛筆，宛如高雅的中國舞蹈。「這是兩個字。」

「啊？」羅剎王一顫。

「本是一字，骨曲豆又是另外一個字。」鍾小妹手上的小筆越舞越快，卻也越柔，美到讓人目不轉睛。「正解就是，『本體』。」

「吼！妳！」羅剎王驚恐之餘，祭起了六隻手！六隻手同時祭起！

「默娘要告訴哥哥的事情，非常簡單。」鍾小妹的筆一頓，上頭已經灌滿了自己的靈力。「羅剎王的本體不在眼前，既然不在眼前，那會在哪裡？」

「吼！我要殺了妳！」羅剎王的六手，化成黑暗蜘蛛絲，滿地的蜘蛛，剩下四隻腳的暴君虎蛛，以及暗殺好手黑寡婦，甚至是鬼面蛛全都上場了。

因為羅剎王知道，眼前這女孩，很可怕。

可怕在於，她聰明，太聰明了。

「在哪？要遙控如此巨大的魔力靈體，本體不可能距離太遠，又不是伊希斯女神的死者之書……所以本體可能藏身的地方，只有一個！」鍾小妹手上的毛筆頭，隨著墨汁不斷灌入，已經膨脹到一個極限。「就像是要藏住一棵樹，最好的地方就是森林。」

眼前，羅剎王的怪物，正洶湧而來。

「本體，肯定在這些蜘蛛群裡面！」

說完，鍾小妹的筆一甩，四面八方的牆壁，都甩上了點點的墨汁。
而且奇妙的是，墨汁自行流轉，形成一個字。

「禁」

「禁者，說文解字中，林外立告示牌，有阻止之意。」鍾小妹臨危不懼，「在禁字底下，沒有任何一隻蜘蛛能逃離這裡！」

「管妳什麼結界！蜘蛛數量成千上萬，我看妳怎麼找我的本體！」羅剎王尖吼。「知道我戰鬥祕密的人，都非死不可！」

只是，這一剎那，羅剎王卻懷疑自己的眼睛瞎了。
因為他彷彿見到了，鍾小妹提筆的手，發出極度特殊的光譜。
那是耀眼強勢的金，加上柔和恆久的白，組成讓人打從心底溫暖的淡黃色。
「可視，靈波！」羅剎王張大嘴巴，擁有可視靈波在浩瀚的地獄原本就不多，更何況是一名如此年輕的女性！
鍾小妹抬起頭，笑起來眼睛瞇起一條半圓，那是小家碧玉的親切笑容。
「哥哥，我把這隻羅剎鬼給送去你在路上當寵物了。」
說完，鍾小妹的筆一動，牆邊的墨汁字體再變。

由原本的禁，慢慢轉變，左邊多了三點水，右邊出現了一把銳利的戈，戈下面一把火焰熊熊燃燒，最後組成了一個——

「滅」

．

以金戈配上水火雙攻，天下還有何種物體能擋得住?!

羅剎王，眼睛睜得好大，因為他看見了，所有滅字結界底下的蜘蛛，正一隻一隻倒下，粉碎，如同被踩扁的昆蟲薄餅。

「結界的好處，就是根本不用一隻一隻的找。」鍾小妹把筆一甩，收筆。「只要關起來，全部做掉就好了。」

「吼!吼吼吼!」羅剎王看到自己的身體，正在分解，因為，被逮到了。本體，一直和蜘蛛群擁有完全一模一樣色彩，藏身在最後面的那隻本體，被逮到了。

「怎麼可以!怎麼可以!我怎麼可能輸給這名不見經傳的小女生!我是印度魔神，我是曾經與濕婆作戰百年的魔王，我是……」羅剎王暴怒，所有的力量，在這時候爆發。

「錯。」鍾小妹搖了搖頭，語氣溫柔且悲傷。「你不是輸給我，你是輸給了哥哥、默娘、城隍，所有一路上不斷為自己心中的正義奮戰的人們。」

這一刻，羅剎王最後求生的力量爆發，那是一股能震動整個新竹的力量。

而滅字絕的威力，則如燎原野火，瞬間燒盡整座廟宇。

這是他最後的一搏。

遠處。

羅剎王的最後崩潰的力量，撼動了整個新竹結界。

正坐在清大宿舍頂樓的土地公，他屁股坐在頂樓邊緣，雙腳在空中盪啊盪。

「垂死一擊啊。」土地公歪著頭。「羅剎王打出垂死一擊囉。」

「好怪。」一旁的九尾狐，穿著小可愛，手托著下巴。「默娘、城隍、鍾馗靈氣都消失了，好怪，是誰把羅剎王逼到絕境的？」

「這人很有趣喔。」土地公瞇起眼睛，認真感受空氣中的靈力版圖改變。「與其說她強，還不如說她非常低調，是不愛出鋒頭的聰明孩子。」

「是喔？」九尾狐嘟嘴，拉住了土地公的耳朵，「怎麼回事，這地獄遊戲裡面，女孩子越來越多了，你這麼強，不會花心吧？」

「我才不會，我喜歡的是像妳這樣的辣妹啦。」土地公一邊笑，一邊伸手揉亂了九尾狐的頭髮，一副寵溺的模樣。「不過，接下來到廟裡的那個男人，我就不敢保證了。」

接下來要接近戰局的男人，他身軀雄壯，一身粗豪長毛，正站在這座廟前，露出略微遲疑的表情。

他是狼人T，不久前，啟動白毛化擊敗了孔雀王，而他火速趕到城隍廟的時候，卻發現情況實在不對勁。

「這座廟怎麼搞的？」狼人T滿臉疑惑，「怎麼連一個門都沒有？」

這座廟在鍾小妹的「禁」字底下，早已變成一座牢不可破的鋼鐵城堡。

但是，狼人T只是短短的皺眉，隨即他的拳頭又握緊。

「不管啦！」狼人T怒吼，往後退了幾步，做出起跑的動作。「既然沒有門，就自己開一個！」

說完，狼人T開始邁開步伐，起跑了。

越跑越快，越衝越快，原本就以衝刺能力見長的狼人T，在此刻化成一道灰褐色的砲彈。

筆直，兇狠，帶著毀滅性力量的衝刺。

線頭眨眼消失，瞬間埋入了廟牆之中。

狼人T這秒鐘，卻是一陣頭暈目眩。

等到他衝過廟牆，卻發現，自己身邊的景物好熟悉。

這不是他剛剛跑進來的地方嗎？這裡不是廟外嗎？

「啊？我又回到廟外面了？」狼人T看了看自己的手腳。「見鬼了？」

「沒關係，當年帥氣狼三擒三隻小豬，也沒有放棄。」狼人T捲起袖子，轉身，「既然朋友有難，就不能放棄，再衝！」

於是，狼人T再度起跑，這次，狼人T衝入牆內的時候，那奇怪的旋轉感又來了。

「就是這個！別以為我好惹！」狼人T反射神經超卓，他身體的肌肉瞬間爆發，竟然讓自己在半空中轉了半圈。

硬是把方向，再轉回朝著廟內。

「搞定了吧！」狼人T得意的往前衝。只是他沒來得及開心，他忽然發現，那股怪異的力量反擊了。

它又把狼人T轉了半圈。

而且，這次還順勢送了狼人T屁股一腳，狼人T還沒來得及再轉身，整個人就摔出了廟外。

「哇啦啦！」狼人T摔倒，他的臉，正好平平的埋入廟門外面的土堆裡面。

「可惡！」狼人T把臉拔起來，憤怒的咆哮。「我要白狼化，看我白狼化把門撞開。」

可是，負責啟動白狼化的心臟，卻一點反應都沒有。

顯然，是那顆負責白狼化的西兒心臟，覺得狼人T的舉動太白癡。

「西兒，幹嘛？妳是覺得我太無聊了嗎？不願意幫我白狼化！」狼人T跳腳，只好雙爪亮出，「我就不相信，我狼人T雖然不像少年H懂道術，一定可以打開這扇門。」

說完，狼人T再度起跑。

只是一分鐘後，他卻又摔出了這座廟。

而這次他更是跌了一個狼吃屎，因為廟中的力量，故意扯住了狼人T的後腳，把他從上而下，狠狠地摔入了地上。

「混混混蛋啊！」狼人T趴著，咬牙的把自己的臉從土堆中拔起，一抬頭，卻發現他面前，多了一雙腳。

還是一雙繡著孔雀的鞋子。

「咦？」狼人T雖然莽撞，反射神經卻是一流，他僅僅愣了零點零一秒，手，一邊透出銳利的爪子，一邊狠狠地削向那對鞋子。

「別誤會！」那雙鞋的主人，反應絲毫不遜於狼人T，他的鞋子瞬間轉化成鳥足，攫住了狼人T的爪子。

一狼爪，一鳥爪，力量同等暴力，頓成僵局。

「你這隻少了左手的孔雀王！」狼人T雖然趴在地上，狂氣卻絲毫不減，他咆哮著。

「你幹嘛跟著我？想偷襲我嗎？」

「呵，我孔雀王也是一條漢子，才不會賴皮！」孔雀王一邊驚嘆狼人T的爪勁。「我只是想明白，你所說的愛情？所說的保護的東西？到底是什麼罷了！」

「哼，是嗎？」

孔雀王帥氣的表情一笑，鳥爪往上一托，頓時將狼人T從地上拉起，兩人同時鬆開了爪子。

「不過老實說，狼人T啊，看到你的蠢樣，我開始有點懷疑，自己真的被這笨蛋打敗嗎？」

「什麼？」狼人T眼睛一睜，爪子又再度伸出。「看樣子，你想再打一次？」

「對打敗一個老是撞牆的傻瓜，沒什麼意思。」孔雀王笑，他慢慢走到了廟前，摸著這座少了門的城隍廟，「你進不去，並不是因為它沒有門，或是牆很硬，原因很簡單，是因為結界！」

「結界？」

「沒錯。」孔雀王拔出了一根羽毛。「而且，還是一個很高明的結界。」

孔雀王的能力，是爆炸。

那是一份源自濕婆「憤怒」的遺傳，讓孔雀王能操縱這份毀滅性的禮物，贈送給每個他想摧毀的人。

將收禮物的人，瞬間爆成灰飛煙滅。

曾經，孔雀王對自己的能力很滿意，既可以遠攻，又可以近戰，綜觀印度神魔，除了父親、羅剎王、哈奴曼以及哥哥象神以外，從來沒有人能擋住他的化成羽毛飛射的砲彈。

可是，進入地獄遊戲之後，接連幾場戰役，卻讓他越發困惑。

先有貓女的巫術之門，後有狼人T的白狼化，他當真是一敗塗地，敗得困惑無比，為什麼他們可以這麼強？

如果他們可以，自己難道做不到嗎？難道自己的爆炸能力，已經到達極限了嗎？

不由得孔雀王想起那充滿智慧的兄長，曾經在印度恆河畔，對自己說過的話。

「弟，」那晚，象神正坐在印度恆河畔，用他一貫深邃但哀愁的眼神，凝視著河面。

「這些年我鑽研我的旅行之門，鑽研我的預言，我漸漸明白，有四個字是永恆不滅的。」

「喔？哪四個字？」

「物極必反。」象神看著河面，靜靜的說。

「啊？」孔雀王搔了搔頭，他總覺得自己的哥哥雖然智慧過人，但講話總是像是在打啞謎一樣，雖然孔雀王很崇拜哥哥，但有時候仍覺得受不了。

一句話，就不能好好講嗎？

「當一種力量強化到了極限，勢必會出現相反的性質，就像是至剛的最終點，卻是至柔一樣，最尖銳堅硬的刀子，頂端一定是尖的。」象神說，「這就是所謂的物極必反。」

「嗯……」孔雀王搖了搖頭，他不太懂。

至剛的極致，為什麼是至柔？

至柔，不就應該和水一樣？和雲一樣？怎麼會和鋼鐵扯上關係？

「而要突破自己力量的限制，唯一的辦法，就是找到那相反的關鍵，也就是找到至柔的點。」象神看著一臉困惑的孔雀王，溫和的笑了。

「我的爆炸，也能找到那個物極必反的點嗎？」

「一定可以的。」

「我不懂，」孔雀王皺著眉思索了半天，仍是搖頭。「爆炸就是把物質分解掉，把東西全部燒乾淨，專屬於它的物極必反是什麼？我不懂！」

「呵呵，要想出這答案，當真需要靈感和經驗。」象神笑了，「但是，弟啊，其實你並不笨，只要你肯動腦，連我都會被你比下去喔。」

「是這樣嗎？」孔雀王雙手攤開，「但是我喜歡我現在的戰鬥方式，用羽毛把對方逼到遠處，然後炸掉我討厭的地方，整個印度除了父親和少數人，我已經無敵，又何必再研究什麼物極必反？」

「無敵？呵。」象神苦笑搖頭。「弟弟啊，你恐怕把整個世界瞧得太小了，印度神界不過是諸多神界中的一塊，古老的埃及群神、強大的中國諸神，還有基督神祇，東方西方妖靈，整個靈界遠比你想像的巨大。」

「是嗎？」孔雀王眼睛一轉，「那父親呢？他的憤怒之眼，不就是力量的極致，也沒看到他出現必反的現象啊。」

「憤怒……之眼？」象神在這短短的瞬間，眼神閃過一絲悲傷，畢竟，他的頭顱，是被濕婆親手用憤怒之眼給爆破的。

「哥？」孔雀王看著象神，「怎麼了？」

「沒、沒事。」象神深呼吸，悲傷情緒一閃而逝。「弟，你認為，爸爸的力量，當真是無敵的嗎？」

「當然啊！」孔雀王聲音中充滿自信。「在那眼睛的視線範圍內，所有物質都會分解爆裂，這力量當然無敵，『因為純粹，所以無敵』，這不是父親常說的話嗎？」

「因為純粹，所以無敵。」象神眼睛慢慢的瞇起，智慧的眼睛中藏著詭異的光芒。

「但，真的無法可破嗎？」

「咦？哥哥……你的意思是？」

「沒有。」象神的眼神瞬間回復了正常，「弟，我想，你就這樣想就好了，父親的確是無敵的。」

「嗯……」孔雀王歪著頭，用深思的眼神，看著哥哥。

父親的力量，當真無法可破嗎？

「但是，弟弟我要你記住，」象神看著自己最親愛的弟弟。「當你遇到了力量的障礙，想起我的四個字，物極必反，肯定會幫你找到一條出路的。」

「物極，所以必反嗎？」孔雀王不禁喃喃的唸著，他相信他的哥哥，就算哥哥總是憂傷而神祕。

但孔雀王相當肯定，哥哥是很疼愛他的。

孔雀王甚至相信，如果給哥哥一個死前願望，他一定會說：『要保護自己的弟弟。』

因為孔雀王自己確信，自己一定也會許相同的願望。

哥哥疼愛著自己，一如自己深深仰慕著哥哥。

所以，『物極必反』四個字，肯定是哥哥送給他的禮物，只是當時，孔雀王並不知道一件事。

這四個字，是能窺天機的象神所送給弟弟，日後站上群神魔頂端的超級大禮。

而此刻的孔雀王，用僅存的右手，摸著牆，閉目沉思。

一直以來，他仗著自己是濕婆的二兒子，還有隨手可炸裂物體的能力，他在印度橫行無阻。

直到他遇到了貓女、少年H，以及狼人T。

原來高明的巫術可以吞噬一切，原來切割空間可以成為暗殺敵人的利器，原來，所謂的愛情，可以激發神祕而超越極限的力量！

原來，這世界上，還有這麼多、這麼強、不斷尋找極限的高手。

孔雀王笑了。

地獄遊戲，真是一個好物啊。

因為它，所以強者們從此不再寂寞。

「笨鳥，你要幹嘛？為什麼一直摸牆？」狼人T在旁邊，抓著滿頭的狼毛問道。「裡面又沒有人家吃剩的米，你想要啄嗎？我去花園夜市挖一點給你吧？」

「什麼穀子？欸！禮貌點，我可是印度主神之一！要吃我不會自己去買啊。」孔雀王眼睛圓睜，哼了一聲，「我不是在摸牆，我在思考。」

「思考？」狼人T表情一變。

「是啊。」

「哈哈哈哈。」

「幹嘛？有那麼好笑嗎？」

「笨鳥思考什麼？」狼人T再度往後退，準備要再來衝刺一次。「撞開它不就得了。」

「不是每件事都要撞好嗎？」孔雀王想到了自己的哥哥，象神，如果他在這裡，他會怎麼解決這道結界師設下的牆？

他肯定不會用炸的，或是用撞的吧？

他提過的物極必反，是否就是這道牆的解答？

可惜，孔雀王並沒有機會往下探下去，因為狼人T的熱血與衝動，已經逼他非出手不可了。

「笨鳥，就說你笨，結界是能量組成的，對吧？只要我們能量比它強，管它什麼結界，照樣撞開！」狼人T咆哮，再度將力量集中於身體。

「好吧。這次就先聽你的啦。」孔雀王的一手按住牆，然後靈力開始集中，只見掌心下方的牆壁，開始泛起異常的紅光。「給我爆炸吧，牆壁！」

火焰，像是引線般，開始從孔雀王的掌心鑽了出來，沿著磚牆的縫隙，急速迴旋。

火焰越爬越快，轉眼間，整個磚牆的縫隙上，都被這片亮紅色覆滿。

宛如深夜城市中的電子看板，耀眼且迷人。

「爆炸吧！」孔雀王怒吼起，「管它什麼結界，都給我破！」

破！

火焰陡然一亮，然後劇烈的爆炸威力，如平地旱雷，如千軍萬馬，如狂風暴雨，化成亮紅色的高山。

瞬間炸開。

「這樣的爆炸，別說一座廟了，連一座山都會被炸碎啊。」狼人T整張臉被爆炸引來的暴風壓得扁平。

可是，可怕的事情，對狼人T與孔雀王可怕的事情，卻在下一秒發生了。

這座火焰之山，竟然停止往前了。

火山像是撞到什麼巨大透明的平面，竟然停住了。

而且，下一秒，這座火山竟然開始倒捲了。

火山熊熊，不斷在孔雀王和狼人T面前攀高，攀高，再攀高……，完全阻斷了他倆的去路。

「欸，」狼人T仰著頭，看著天空的巨大火嘯，正在逐漸靠近。「笨鳥啊，你有想過，這場爆炸會自己倒回來嗎？」「笨狗。」孔雀王也仰著頭，愣愣的看著。「我怎麼可能會知道！」

「那……你有收回力量的方法嗎？」狼人T開始感覺到自己身上的狼毛，正因為高熱而開始捲曲。「像是貓女可以把小叮噹門關起來的方法？」

「笨狗。」孔雀王轉過頭看著狼人T。「我既然不知道，怎麼可能有這辦法！」

「靠，」狼人怒吼，「我就知道！」

然後，火瀑落下。

淹沒了狼人T與孔雀王，這縱橫地獄遊戲的兩大高手，就這樣在一座沒有門的廟前，莫名其妙的被火焰給淹沒了。

火焰如潮水退去。

兩個人還站著，不過都已經黑得不像話。

狼人T一身驕傲的男子漢長毛，如今只剩下一大片捲曲的短毛，原本豪爽的凌亂長髮，只剩下殘缺的一半。

原本帥氣狂浪的姿態，如今卻像是路邊遊蕩的遊民。

而另外一個人，爆炸的始作俑者，更沒好到哪裡去，原本明亮美麗的孔雀羽毛，全都成了小雛雞的燙燙毛。

斯文英氣的王子臉龐，則如同救公主卻慘敗，最後卻被迫和母火龍成親的王子。

兩個人，直挺挺的看著前方的大廟。

許久，許久。

「很好，我要把……」第一個開口的，是狼人T。「每一塊磚頭，每一片瓦片，每一張地板……」

孔雀王接口，聲音中，是難以壓抑的憤怒。「都拆了！」

說完，孔雀王的右手按住地面，一陣低沉的爆炸聲，從他的掌心開始，不斷在地底潛進。

目標，當然是眼前的城隍廟。

孔雀王打算讓火焰從地底鑽入，去突襲結界師最難防禦的下方。

而狼人T則逆向而行，他陡然躍高，驚人的跳躍力，讓狼人T像是沒有盡頭的翱翔。

最後，他反墜下來。

反墜，加速度極限狂飆，這時，狼人T揮舞起拳頭，他要從廟頂，把這堡壘整個揍碎。

地底下的爆炸烈焰，加上天空中的憤怒巨拳，兩強聯手，果然不同凡響。

只是，就在此刻，廟的牆上，卻出乎意料的浮現出了一個字。

一個左右對稱，古老而雅緻的中國字。

「門」

然後，牆上出現了一個長方形的透明線，接著，嘎的一聲，門被推開了。

「停手！笨狼！」孔雀王一呆，接著大喊，「結界師出來了，所以結界解除了！你現在進去，會碰到我的爆……」

可是，衝得正猛的狼人T，怎麼可能踩得住煞車，砰的一聲，廟頂磚瓦亂飛。

他撞入了，他還是撞入廟中了。

「爆……炸……」孔雀王忍不住把頭別過，眼睛閉上。「抱歉了笨狼。」

墜入廟中的狼人T，沒有遇到任何阻礙，但，卻遇到了孔雀王埋入地底的火龍。

簡直就是自投羅網的墜法。

火焰，在此刻轟然爆炸。

這聲爆炸，將廟整個解體，而解體的廟內，還不時傳出狼人T罵髒話的怒吼。

「靠！孔雀王！你這隻死鳥！給我記住！」狼人T在火焰中發出咆哮。「我的毛，天啊我最帥氣的頭髮，別燒了啦！笨鳥，臭結界師給我記住！」

可是，孔雀王卻發現，自己無暇去注意狼人T的哀號，因為他的眼前，一個畫面，深深的吸引了他的目光。

門，緩緩的，被推開了。

來。

門後，熊熊的火光下，解體的小廟前，一個頭髮被暴風吹得凌亂的清秀女子，正緩步走

尤其，當風吹開了她臉上的長髮，孔雀王清楚看到了，清秀女子臉上清晰的淚痕。

悲傷的淚痕，怎麼會出現在這個強悍又高明的結界師臉上？

她在哭嗎？孔雀王甚至有股衝動，想伸手抹去女孩臉上的淚水。

此情此景，由火焰、女孩、眼淚、暴力、清純甚至悲傷集合而成的奏鳴曲，深深打動了孔雀王的內心。

「這就是……性感嗎？」孔雀王感到自己的血液正在倒流。「哥哥，你在天之靈有聽到我說話嗎？我好像遇到了。」

好像遇到了，我心中的那女孩了。

這時，這女孩開口了。

「嗯，前面那個長得很像孔雀的人。」女孩比了比她背後被火焰摧毀的廟。「你的狼朋友剛剛在裡面慘叫喔，你不去救他嗎？」

「狼朋友？啊，妳是說狼人T嗎？」孔雀王發現自己的眼睛無法離開眼前這女孩，心跳正在加速，那速度就像是暴走的國產車，搖晃間又可以感覺到極速的痛快。「他、他的毛很硬的，不怕燒。」

「是嗎？我想也是。」女孩笑了，眼睛瞇起，笑了。「要不然，他不會連撞我的結界這

麼多次，都安然無事啦。」

「果然，妳就是那個結界師！」孔雀王聽到自己的心跳又更快了，國產車快要解體啦。

這是什麼感覺？

為什麼自己又開心，又著急，又有點害羞呢？

「結界師，我可以請問……妳叫什麼名字嗎？」

「呵呵，我哥哥說，我不能把名字隨便給人喔。」女孩微微一頓，「你真的不去救他？裡面的火越燒越旺了欸。」

「不必啦，那隻狼身體很強壯的……」孔雀王揮著手，「對了，我也有一個哥哥喔，我發現我們第一個共通點了……」

不過，孔雀王後面的話語，卻已經完全聽不清楚了，因為，廟，終於撐不住炙熱的火焰，整個塌下來了。

廟崩塌，狂暴的火焰朝四面八方也塌了下來，聲勢好不驚人。

只是，崩裂飛散的火星中，唯獨一條最大的火流星，發出憤怒無比的吼叫，橫著衝出來。

「吼啊啊吼啊吼吼啊啊吼吼吼！」火流星身上的火焰，因為高速而逐漸褪去，露出底下焦黑的皮毛，還有一張長著狗鼻，獠牙犀利的臉。

火焰下，是狼人T的臉。

「孔雀王！你這隻欠烤的笨鳥！吼吼啊啊吼吼吼啊！」狼人T在空中發出意義不明的怒吼，雙爪亮出，在空中連劃十幾道光痕，「結界師在哪裡？我要宰了那個結界師！」

只見狼人T氣到頭昏眼花，根本忘記自己本來不對女孩動手的，他直撲向黑髮女孩的背影。

女孩恍若不聞，只是站著，伸手入懷，好像想要掏出什麼東西。

「小心！」孔雀王驚呼。

狼人T的爪子好快，那銳利的爪風，已經吹起了女孩的絲絲長髮。

只要再往下五公分，女孩的頭，就會被整齊的分成兩半。

而那女孩，卻依然在懷裡想要掏出東西。

「不行！」孔雀王的身體動了，手上夾著五根色彩鮮豔的羽毛。「住手，狼人T！」

說完，孔雀王手一抖，繽紛的羽毛射出。

夾帶驚人能量的羽毛，化成滿天晶亮的純白光芒，朝狼人T直射而去。

這一秒鐘，孔雀王腦海又意外的浮現了哥哥的臉龐，以及他曾經對自己說的四個字，物極必反。

爆炸的極致，是什麼？

但，眼前的情況發生劇變，讓孔雀王無暇再想。

羽毛沒有爆炸。

而狼人T的爪子，更莫名其妙的斬在地上。

因為，那女孩像是瞬間移動般，離開了原位。

女孩張開手，迎接著失去了力量，正緩慢飄落的孔雀羽毛。

「以爆炸為能力嗎？」女孩瞇著眼睛，觀察著孔雀王的羽毛。「很厲害的技術喔。」

「妳……」狼人T和孔雀王同時抬起頭，詫異的看著這女孩。

狼人T發現自己的手心，被寫了一個陌生的中文字。

「退」

女孩沉靜的微笑。「你們一個是體力超強的狼人，一個是引用爆炸為能力的孔雀，我想，以你們在這遊戲中的地位，一定認識一個人吧？」

「誰？」孔雀王和狼人T異口同聲。

「他是蒼蠅王找我進來的理由，更是我進入地獄遊戲的原因之一，他就是……」女孩拿起筆，凌空寫下三個字。

這三個字，登時讓狼人T滿腔的怒火完全降溫。

「妳……妳為什麼要找他？他可是我的老朋友啊！」

因為凝在空中的那三個字，竟是剛從生死門回來的——

少年H

新竹，東門城下。

出現了兩個人影，其中一個狀似少年，另外一個身材窈窕，卻在她的臀部多了一條靈活的尾巴。

「回來了。」少年笑，輕鬆自信的笑容。「我們回來了，貓女。」

「是啊，回來之後，就該幹正事了。」貓女瞇著眼睛，單手扠腰，愜意的看著遠方。「地獄遊戲的怪物們啊，剉著等吧。」

「呵呵。」少年H掐起手指。「現在看起來，諸葛孔明的八陣圖已經走到了尾聲，八門破了六門，僅存的開門把守者應該是劉禪，但他現在逃匿無蹤，我們已經逼到了最後一門了。」

「最後一門？就是生門嗎？」

「正是。」

「嘿。」貓女一甩黑髮，「那我們還等什麼？」

「但是要破生門，肯定會遇到兩個難題。」

「哪兩個？」

「第一個，」少年H手指搖動，終於無奈放下手指。「就是諸葛亮為了保護自己，必定把生門藏得非常隱密，更是我道術無法追蹤的地方。」

「所以，我們會找不到那躲在後面的豬哥亮嗎？」貓女側著頭，「以你對中國道術的了解，都找不到……咦？H小子，你感覺到了嗎？」

「嗯。」少年H點頭，絲毫不畏懼的微笑著。「這裡，還有第三個人。」

「而且，」貓女左右張望，銳利的貓眼瞇成細縫。「他以非常高的速度，正在靠近我們！」

「這就怪了。」少年H摩挲著自己的下巴。

「對，很怪。」貓女的鼻子微動，她朝著四面八方轉了一圈，在這片曾經激戰過的寬闊戰場上，並沒有看到半個會動的人。

為什麼？那個以驚人速度，正瘋狂逼近他們兩個人的第三者，究竟是誰？

難道，地獄遊戲中，還存在著另一個暗殺高手？

「這裡並沒有可以躲藏的地方，更何況他的速度這麼快，快到如同重力加速度。」少年H閉起眼睛，「如果他不是隱形人，那就只有一個可能了。」

「什麼可能？」

「他，」少年H的頭仰起，注視著蔚藍的天空。「不是從四周來的，他來的方向，是上面。」

「啊，上面？」貓女隨著少年H的眼神，看向天空。

一片燦藍的天空中，隱約可見一個細小的黑點。

「這人之所以快，是因為他正在下墜，這人之所以難發現，也是因為他沒有殺氣。」少年H看著黑點，雙手慢慢凝住靈力。

左手為黑，右手為白。

兩色純然，組成太極，是少年H的可視靈波。

更是整個地獄中極度罕見的，雙色靈波。

「喔？」貓女雙手抱胸，好整以暇的欣賞著少年H的可視靈波。「H小子啊，你的靈波雖然不是我看過最強的，但是各走極端的黑白雙色靈波，看了真讓人著迷啊。」

「謝謝啦。」少年H的笑容雖然輕鬆，但是眼神卻越來越慎重。

因為，他們頭頂上的黑點，已經越來越大了。

一個人的模樣，已經逐漸成形。

這人是誰？為什麼從天而降？為什麼沒有半點殺氣？他是敵人？還是朋友？

如果是敵人，從天而降的攻擊，又會展現什麼詭異的殺人技巧？

「H，小心點喔。」貓女雖然依然抱胸，但是她的爪子也悄悄的伸出，能展現極速的肌肉，也正在繃緊。「我可不想再去一次宋朝把你拉回來。」

「放心。」少年H笑。「每人只能有一次番外篇，這是這地獄遊戲的規矩。」

天空中，那人的模樣已經完全清楚了，纖細的少年身材，綠色的衣服，特別是那頂用樹葉編成的尖帽。

他的身體隨著高空的墜落狂風，左右搖擺著。

「這人，好像昏迷了？」貓女的視覺，是人類的百倍，她貓眼瞇起，提醒著少年H。

「來了。」少年H雙手催動靈力。

然後那個綠衣少年，同時間到了少年H的頭頂。

夾著從萬里高空墜落的驚人力道，直壓少年H。

「太極，卸勁。」少年H的右手先托住綠衣少年，巨大的撞擊力，讓少年H雙腳陷落地面，直陷入腳踝。

「H小子？」貓女的表情有些詫異，「你還好吧？」

「我太低估對手了，這少年體內還有其他力量！還是很危險的力量！」少年H一笑，左手此時介入這場角力，橫向拍了綠衣少年一下。「但是，我可以。」

只見少年H這手一拍下，綠衣少年開始急速旋轉起來，一如綠色陀螺，在少年H掌心舞動。

每轉一圈，那從天而降的狂勁，就少了一分。

只是，每轉一圈，少年H的身體就往下陷落一分。

「這人體內的力量很怪，彷彿想殺了每個要救他的人。」少年H以右手為支撐，左手不斷拍轉著綠衣少年。「看樣子，這綠衣少年有個非常厲害的對頭，肯定是黑榜十六強的級數。」

綠衣少年還在轉，而少年的身體還在往下陷落。

轉到後來，少年H的腰部以下已經完全陷入了土裡。

這股怪異的力量之強，匪夷所思。

「給我，散！」忽然，少年H的雙手合一，往上一托，黑白雙色太極合一，彼此融合，威力豈止倍增。

這股力量，一口氣把綠衣少年推上了天空。

在空中，這綠衣少年體內怪異的力量，終於盡數散去。

「好。」貓女輕鬆一跳，接過了這綠衣少年後，優雅落地。「咦？H小子，這人好像醒了。」

「是嗎？」少年H一口氣從地底躍回地面。「他體內的那股力量，又強又霸道，傷他傷得太重。」

「我，」那綠衣少年張開嘴，重傷的他，發出斷斷續續的單字。「壓、澀……」

「壓澀？」

「壓……壓色……王……」

「壓色？雅瑟？……亞瑟？」少年H一震。「你是亞瑟王的手下？亞瑟王也進到地獄遊戲了？」

「是！」綠衣少年點頭，隨即又吐出了一大口血，眼見他的生命已經走到了終點。「我……生……門……」

「亞瑟王？生門？」少年H和貓女交換了一個詫異的眼神。「你說的是解開這八陣圖的生門嗎？」

「在……師院……」綠衣少年眼睛瞇起，鮮血已經染滿了他的胸口。「但、有、曹……」

「師院？生門就藏在新竹師院？」貓女感覺到自己的手臂，慢慢浮起雞皮疙瘩。

八陣圖的終點，生門，終於出現了。

新竹師院，最後一個決戰點，竟然在那裡！

「有、曹……曹……」綠衣少年拚命想把最後的話講完，但是不斷的咳血，完全塞住了他的胸口。

「我知道。」少年H此刻握住了綠衣少年的手，義氣深重的握住。「那裡有比諸葛亮還要恐怖千萬倍的，曹操。」

綠衣少年睜大眼睛，擠出一個笑容，點頭。

「所以，你要我幫你報仇？」少年H緊握著綠衣少年的手。

綠衣少年點頭，隨即又搖頭，眼神轉向自己的掌心。

「你要我打開你的手掌？」少年H會意，攤開綠衣少年的手掌。裡面，是一支牙籤，一端有著淺淺咬痕的牙籤。

而且，那還是飛行武僧的咬痕。

「幫我，和武僧，報仇。」綠衣少年的眼神，閃過最後的熱切渴望。

「嗯。」少年H沒有第二句話。「我答應你。」

「謝謝。」綠衣少年微微的笑了，生命最後一句話，在少年H耳邊輕吐而出。「他，真的，飛得很好，是我最好，的朋友。」

「嗯。」

「如果，地獄之後，還有世界。」綠衣少年的眼神，已經完全失焦，彷彿注視著那片燦藍無垠的天空。「武僧，我想，和你，再比，一次，這次我不會，輸你的。」

說完，綠衣少年的眼神瞳孔慢慢的擴大，渙散，最後終於完全失去了光芒。

「安息吧。」少年H伸手，蓋上了綠衣少年的眼皮，輕輕的說，「我會幫你完成最後願望的，安息吧，小飛俠。」

小飛俠。

亞瑟王旗下最擅長飛行的探測好手，曾經敗給武僧而與他成為生死至交，如今在帶來最後生門消息後，正式退出了地獄遊戲。

也許死後，他會和武僧，繼續在另外一個世界的天空遨遊吧。

「貓女。」少年H把小飛俠放在地上，看著他的屍體慢慢消失，只剩下地面上各種道具。「看樣子，我們的下一場戰鬥已經決定了。」

「是啊。」貓女眯著眼睛微笑，一身精練完美的苗條體魄，正因為興奮而散發出濃烈的殺氣。「而且，獵物還是一個震古鑠今的對手呢。」

「曹操。」少年H也要笑了。「黑榜中排行第六的紅心K，我們來掀你底牌了。」

我們來了，紅心老K，曹操。

第二章《微戰》

台北。

那是一片黑暗，黑暗中卻傳著非常細碎的震動。

兩個人正坐在這片黑暗中，低喃著。

「你剛說什麼？你也是黑榜十六強之一？」其中一人是名女子，帥氣短髮，還有每個表情和動作，都充滿獨特魅力的臉龐。「黑榜十六強是什麼？我記得我家老大夜王好像說過……」

「嗯，其實，失去記憶的我也不太清楚，呵呵。」那男子摸了摸自己的頭，粗豪的他，笑起來有種來自曠野的憨厚。「但是，好像是很厲害的頭銜喔。」

「真的啊，我想也是。」女孩眯著眼睛，微笑。「因為你有著和我家老大一樣氣質喔。」

「喔？什麼氣質？」

「夠霸氣。」女孩笑，「而且是那種很純粹，舉手投足間散發的霸氣。」

「是嗎？」男子點頭，「看樣子，妳真的很喜歡妳家老大吧？」

「嗯。」女孩閉上眼睛。「我是，我是喜歡他，而且非常非常喜歡他，可是，我卻知道，我家老大心裡有個人，那個人在他心裡藏得好深，深到我進不去喔。」

「……」男子在此刻，為了自己也不明白的原因，陷入沉默。

男子寬闊的心裡面，似乎有點明白法咖啡的感覺。

那就是所謂的單戀嗎？

為什麼他心裡，也有那麼一點點惆悵的感覺呢？

「嘻嘻，如果我老大來救我了，我一定要介紹你們認識。」女孩甜甜的笑了，「我要跟他說，我法咖啡認識了一個和他一樣霸氣的男生。」

「嗯，希望那時候，我已經想出自己的名字了。」男子咧嘴笑。

「會的，我會幫你想出來的。」說到這裡，法咖啡從地板上站了起來，拍了拍自己屁股上的灰塵。「對了，休息夠了，該做正事囉。」

「嗯？」

「我們得替自己找出一條出路，這樣老大才能快點找到我啊。」法咖啡甜甜的笑著。

「坐以待斃，可不是我法咖啡的個性呢。」

男子的眼睛，注視著黑暗中這女子模糊的側臉。

他感到矛盾。

矛盾的是，他欣賞這女孩獨立自主突破逆境的性格。

但，他卻又不捨。

不捨這段專屬於他與法咖啡，在黑暗中暢談的私密時光，就要結束了。

那個叫做夜王的人，究竟是誰呢？而黑榜十六強，又是什麼？為什麼他的腦海中，會在那短短的一剎那，浮現一個怪異的圖樣呢？

那圖樣是黑色的，由一個直槓，加上兩個邪槓拼成，就像是一個「K」。

這個黑色K，難道就是他在十六強中的地位嗎？

而那黑色畫成一幅桃子模樣，又代表什麼含義呢？

台北。陽明山的森林裡。

茂密的樹林下，遍佈著密密麻麻的毒水珠，毒水珠所包圍者，則是那個霸氣十足的台北夜王，阿努比斯。

阿努比斯慢慢的回頭，他的表情，慎重而且悲傷。

因為他看到了，那個完全妖化的夥伴，約翰走路。

額頭上兩根不斷抖動的是蜈蚣觸角，雙腳消失，取而代之的是一條佈滿小腳的蜈蚣尾巴。

「蚣蝮？九龍中排行第六，實力並不算強。」阿努比斯的手，慢慢的握緊。「但其卑鄙行徑卻是有名的，牠不像老大贔屭有神界數一數二的盾甲，或老七睚眥有這麼強的金刃攻擊力，甚至是老八狻猊掌握粗暴的火焰，牠之所以有名，是因為牠的卑鄙附身。」

「咯咯，果然是收服了我家老八的阿努比斯。」露出真面目的蚣蝮，用約翰走路的嘴巴說話，聲音卻像是蟲鳴，又尖又破碎。「果然懂得夠多。」

「你知道嗎？我這輩子經歷過無數戰鬥，有些敵人雖然不強，但光明正大的戰鬥還是贏得我尊敬，而我最痛恨的。」阿努比斯的手，繼續握緊。「就像是你這種……」

那是憤怒至極的握拳。

「我這種？」

「利用夥伴間最珍貴的義氣，獲得卑劣勝利的混帳！」阿努比斯咆哮，他的拳頭猛然揮了出去。

憤怒之拳，極速之拳，瞬間已經來到了蚣蝮的面前。

「這麼衝動？」蚣蝮冷笑，「你忘記你周圍，都是我佈下的毒水珠嗎？」

毒水珠如地雷，在阿努比斯拳頭的軌道上點點爆開，劇毒，毫不留情的腐蝕著阿努比斯的拳頭。

疼痛。

阿努比斯並不是不知道疼痛，但，他內心的憤怒，卻遠遠超過了這份疼痛。

他的拳頭還在前進，速度，更是不減反增。

這剎那，拳頭，還是穿過了層層的毒水珠，直達蚣蝮的臉前。

「啊！怎麼可能！」等蚣蝮發現，那憤怒拳頭的影子，已經完全覆蓋了蚣蝮的臉。

「你的毒水，和你弟弟的火比起來，簡直太F咖了！」阿努比斯滿是傷痕的拳頭，直搗入蚣蝮的臉上，然後狠狠地，往下摜去。

只見蚣蝮的身體，被這拳的力道，整個帶起，猛然摔到地上。

拳勁過去，頭顱破碎。

可見這拳蘊含的憤怒與力量，究竟有多驚人。

「起來。」阿努比斯居高臨下，冷冷的看著躺在地上的蚣蝮。「我知道這拳沒殺死你，起來。」

「嘿嘿。」只見失去頭顱的蚣蝮，身體慢慢融化成一片銀亮的水，水開始流動，從另一個地方再度凝成另一頭完整的軀體。「是的，我的形體是水，你是殺不了我的！」

「是嗎？萬物存在必有其缺陷，沒有所謂的無敵。」阿努比斯眼睛綻放憤怒光芒，再度轉動自己的拳頭。

然後，一眨眼，阿努比斯身體消失了。

而當他的身體再度出現，那憤怒拳頭的影子，又蓋住了蚣蝮的臉。

「欸？會不會太快了啊！」蚣蝮的力量在九龍中，畢竟屬於倒數的，他甚至還沒反應過來，他的頭顱已經化成血珠，飛散開來。

風吹散了血珠，露出底下的元兇，一顆拳頭。

一顆阿努比斯的拳頭。

「可惡！」蚣蝮再度化成銀水，潛逃到另一處，嘿嘿冷笑。「沒用的，你一直打爆我的頭，而且在我靈力耗盡之前，你的拳頭早就中毒腐爛了。」

阿努比斯皺眉，他看著自己的拳頭，滿是被毒水腐過的傷痕，雖然他的靈力強橫，能稍微抗毒，但時間一久，真會像是蚣蝮所說，整個拳頭會爛掉。

「那又如何？」阿努比斯霸氣十足的一笑，身影再度消失。

然後，蚣蝮的面前，又是一顆拳頭，搗了過來。

爆開。

蚣蝮的頭再度飛散，他不死，但是會痛，非常的痛，所以他哀號之際，又從另外的地方出現。

這次，逃得比剛才更遠，因為他雖然不會被拳頭打死，可是頭顱老是被打爆的滋味可是一點都不好受。

「沒想到，名揚地獄的阿努比斯，是如此莽撞之輩！」蚣蝮逃得遠遠的，對阿努比斯嘲諷道。「只會用蠻力打爆敵人的頭，任憑自己的拳頭，一次又一次的被腐蝕。」

而這次，阿努比斯沒有回話，他只是看著自己的拳頭。

那被強大毒液腐蝕的拳頭。

忽然，他笑了。

「誰說我只是莽撞行事？」

「咦？」蚣蝮看著阿努比斯霸氣且帶一點邪惡的微笑，忽然，他心裡升起不好的預感。

「每揍你一拳，你因為害怕，就會換個地方，我揍了你三拳，你終於乖乖移到了，我幫你準備好的位置了。」

「幫我準備好的……位置？」

「你知道的，植物能夠吸水，然後淨化水中的髒污。」阿努比斯緊握的手正逐漸鬆開，掌心裡面是正在瘋狂催動的綠色靈波。

綠色，正是農夫的能力。

「你要做什麼？」蚣蝮忽然間覺得腳底發癢，一低頭，卻發現這裡的地面，爬滿了重重疊疊的粗大植物根，如同千萬條白褐色的蛇，在他的腳底瘋狂蠕動。

蠕動雖然緩慢，卻因為數量龐大，讓人一見就心驚。

「享受水被吸乾的潔淨吧，掌水的怪物，蚣蝮！」阿努比斯怒笑。「啟動吧，飢渴的植物之根！」

瞬間。

只是瞬間。

蚣蝮豐腴的身體出現了一條條的皺紋，然後皺紋不斷往下凹陷，最後，整隻蚣蝮整隻乾化。

最後，一陣風吹來，這條「蜈蚣乾」就這樣從約翰走路的身體中飛了出來，飄落在阿努比斯的腳邊。

「我……我願意投降……」已經完全乾化的蚣蝮，用僅存的生命力，吐出最後的求饒。

「收……收服我……像是收服老八一樣……我願意……」

「饒你？做你的大夢！」阿努比斯蹲下，那張胡狼臉，露出獠牙，笑了。「亂我兄弟者，必殺之！」

說完，阿努比斯伸出了指頭，按住蚣蝮乾的頭。

「誰說我不能用拳頭打爆你的頭？我用指頭就夠了。」阿努比斯一笑，手指用力，蚣蝮已經乾到脆化的頭，登時變成了粉末。

阿努比斯嘴巴一吹，粉末隨風飛走，只是這次，蚣蝮再也無法復活了。

阿努比斯起身，朝向約翰走路屍體走了過去。

但，當他走到了約翰走路的身邊，卻皺起眉頭。

「麻煩啊麻煩。」阿努比斯的拳頭再度握起，獠牙咧嘴露出。「原來，你身體裡面，還有一隻啊。」

龍九子。

在古老的中國傳說裡面，是九隻無法成龍的怪獸，同時也是代表著黑暗靈獸的九股力量。

所謂的九龍，按照牠們輩分的排行，分別是贔屭、螭吻、蒲牢、狴犴、饕餮、蚣蝮、睚眥、狻猊、貔貅。

老大是贔屭是龍龜，擁有的是天上地下獨一無二的防禦盔甲，更是公認九龍中第二難對付的。

老二螭吻是能操縱風的龍子，外型像是一隻蜻蜓。

老三蒲牢外型類似蟾蜍，當牠張開嘴，其鳴動能震倒泰山。

老四狴犴是虎形之龍，語言是牠的武器。

而排行第五的饕餮，則是九龍中公認為最棘手的一隻，源自太古時期失衡的陰陽，牠能吞下任何東西，包含靈魂與能量。

第六是蚣蝮，水形之龍，外型酷似蜈蚣。

第七是睚眥，刀環上的龍形，渾身都是能割斷敵人的鋒刃，更是被公認第三難對付的怪物。

第八是掌火的狻猊，外型似獅子。

第九是貔貅，牠外型有點類似狐狸，但牠的能力極為特殊，牠因為貪吃而被天神懲罰失去了排泄的肛門，於是成為一隻只進不出的龍之子，後來人們特別喜愛將這隻貔貅的雕像放在商店前面，只因為牠象徵著財富「只進不出」。

但，這隻擁有特殊能力的龍子，卻被人們公認，牠是僅次於老大、老五、老七，最可怕的龍中殺手。

而此刻，阿努比斯的眉頭深深鎖起，因為他發覺到，原來藏在約翰走路體內的那隻怪物，竟然就是……

第九龍子，貔貅！

約翰走路躺在地上，意識無法恢復，因為他的體內，正被另外一股力量盤據。

貔貅，象徵著只進不出的龍子，化作千絲萬縷的靈絲，盤桓在約翰走路的體內。

「你是阿努比斯？」貔貅借用約翰走路的聲帶，發出如同機械人般缺少抑揚頓挫的語調。

「想救他？把自己的頭割下來！」

阿努比斯皺眉，向來霸氣十足的他，此刻也陷入兩難。

放棄夥伴，不是他的風格。

而不戰而自斷頭顱，更不是他的風格。

但是，面對敵人怪異的能力，阿努比斯的確也無法想出解決的辦法，

「我有辦法！」這時，阿努比斯的身後，傳來了一個聲音。

「喔？」阿努比斯並沒有回頭，因為他早就察覺到背後這人的存在，或者說，背後這整群觀察者的存在。

他們，是斐尼斯戰團的手下。

「嘿，我有辦法。」開口的人，樹影遮去了他上半身的臉。「但是，要用你的命當作賭注，你願意嗎？」

「說。」阿努比斯冷然的說。

那人笑了，扶了扶眼鏡。「那就是，你也進去約翰走路的身體裡面。」

「喔？」聽到這裡，阿努比斯慢慢的回頭了。「你有辦法？」

能讓霸王回頭，足以證明這人絕非等閒之輩。

「當然。」樹影下的那人，扶了扶眼鏡，露出雪白的牙齒，微笑。「我可是最擅長電子靈器的天才，眼鏡猴呢！」

「眼鏡猴？」阿努比斯語氣冷靜。「獵鬼小組的眼鏡猴？」

「正是！」樹影下，眼鏡猴的身影完全浮現，同樣戴著大圓框眼鏡，同樣邪氣的笑容，唯一的差別，就是他的身體，佈滿了毛茸茸的猴毛。

他，是獸化的眼鏡猴。

「看樣子，你在斐尼斯團裡面，有著相當有趣的遭遇。」阿努比斯觀察著眼鏡猴，開口道。

「這要拜奇怪的道具『蛋』所賜。」眼鏡猴咯咯的笑了。「那顆蛋，會賜與我們一種動物的能力，而當我打開了蛋，我就變成半猴半人了。」

「嗯。」

「放心，變成半猴人的我。」眼鏡猴坐到了約翰走路旁邊，「對於電子靈器的能力，只會更強而已。」

「嗯。」

「夜王，我和你雖然共同認識少年H，但是我們並不熟，我對你也不是那麼喜歡。」眼鏡猴看著阿努比斯，「所以這次我主動幫你，是有條件的。」

「敢跟我談條件？很好。說來聽聽。」阿努比斯笑，只是這笑中，卻露出胡狼獠牙。

「遊俠團聲勢如日中天，加上遊戲內現實玩家激增，更重要的是，我都感覺到這遊戲本身已經逐漸失衡。」眼鏡猴嘻皮笑臉說，「到這時候，我們想要找一個，真正可信賴的王。」

「所以？」

「朋友們，出來吧。」眼鏡猴手一招，只見阿努比斯背後的樹林，又陸陸續續出現了數十道影子，不，仔細一看，整個森林都是動物影子，或高或低，或巨大或瘦小，彷彿整個森林的動物都到齊了。

「嗯。」阿努比斯環視著周圍，「看樣子，斐尼斯團的實力，比想像中還來得更深，更難擊破。」

「夜王，我相信你有足夠的力量，可以橫掃一整個斐尼斯軍團，但是我們人多勢眾，等你殺光我們，你想救的人，恐怕早就遇害了。」眼鏡猴比著他背後這群藏在森林中的動物影子。「所以，最快的方法，還是我們合作。」

「嗯。」阿努比斯思考著。

他雖然霸氣，卻也是能屈能伸的智將，所以他知道，此時此刻，結盟會是最明智的選擇。

畢竟，他也不知道法咖啡究竟在哪？

雖然他從來不接受敵人的條件，可是，如果眼鏡猴是少年H的朋友……也許還有那麼一絲可能吧。

「斐尼斯軍團表面看起來強大，事實上最近也發生了許多大事，原本我們信服的狂者斐尼斯，無預警的消失，而他旁邊的弄臣馬湧呈當道，殺害忠臣，讓我們不服。」這時，森林中一名身材嬌小的動物走了出來，她語音嬌柔，卻滿身硬刺，「夜王，容我自我介紹，我是刺蝟女，斐尼斯四天王之一。」

「沒錯，而且那群搞倒薔薇團的小人們，白骨精和蟾蜍精，此刻也滲透到馬湧呈的身邊。我們可不想步入薔薇團的後塵。」森林步出了另外一個影子，牠是一條鬣犬，高聳的背脊，忽高忽低的哭音，在夜晚會讓人不寒而慄。「我是四天王的，鬣狗．墨鏡。」

「所以，我們決定找你合作，因為你和我們的王很像。」森林中，走出最後一個影子，一個毛茸茸的大球，十足的討喜，卻也十足的可怕。

牠擁有黑白兩色，手裡拎著一根竹子，隨時咬下一口竹子，在嘴裡嚼啊嚼。「我是四天王之熊貓，我叫團團。」

「刺蝟女、團團、墨鏡，以及眼鏡猴。」阿努比斯看著眼前這群斐尼斯團的精銳戰士。「我了解你們的問題，我也不介意你們加入我們共同奮鬥，但，當務之急，是我的夥伴約翰走路，此刻正水深火熱，我得救他的性命。」

「要幫他很容易，只要這個東西。」眼鏡猴和其餘三天王互望了一眼，然後眼鏡猴從口袋中掏出了一樣東西，在阿努比斯的面前。

下一秒，阿努比斯眉頭動了一下。

「蛋？」

「沒錯，正是蛋。」

「我要蛋來幹嘛？」

「在陽明山的結界裡，蛋能夠幫你找到一種專屬你的動物，並且會開啟你其他的能力。」眼鏡猴說，「你要救約翰走路，只能靠蛋。」

阿努比斯沒有說話，只是靜靜的看了眼鏡猴一會，然後接過了那顆蛋。

「這種蛋，在這裡很多嗎？」

「曾經很多。」刺蝟女在一旁接腔。

「曾經？」

「遊戲正在失衡，以往每天只能有一個人能擁有蛋的能力，前陣子爆出驚人大量後，最近已經很少見到蛋了。」刺蝟女說，「你手上那顆，是我們手上最後一顆了。」

阿努比斯握著蛋，他並沒有說，他在不久前也曾撿到一顆蛋。

直覺告訴他，若是蛋的能力如此稀奇且珍貴，保留最後一顆是必要的。

「你的敵人藏在夥伴的身體裡面，擺明了就是守株待兔。」團團在這時候也說話了。

「只有這顆蛋，能讓你賭一把，是否能解開敵人的能力。」

「什麼動物，能對付藏在人類體內的龍之九子？」

「我想不出。」眼鏡猴說。「但是一定有。」

「哪一種？」

「你得問問你手上的蛋。」眼鏡猴比著蛋，笑了。「你得問它。」

「是嗎？」

「你敢打開蛋嗎？」鬣狗表情中帶著挑釁。「還是獨霸台北城的夜王會害怕？」

「我從來沒有說過我不會害怕。」阿努比斯冷冷的看了鬣狗一眼，只是一眼，其中包含的凜冽霸氣，竟讓鬣狗感到後腿發軟，甚至夾住了自己的尾巴。「懂得害怕，才是人，知道恐懼，才能成為王者。」

「嗚。」鬣狗感到自己的後腿，一股濕熱的液體，流了下來。

「不過，就算知道恐懼，仍選擇面對，才是義氣。」

阿努比斯微笑說完，右手持蛋，用力一握，只見那銀色的蛋在他手心炸裂，卻沒有黏黏稠稠的蛋白，取而代之的，是一道光。

一道會跳舞的光。

光在阿努比斯的周圍跳舞，宛若精靈，將他整個包圍起來。

「阿努比斯，記住你的願望。」眼鏡猴大聲吼著。然後，那道遮住阿努比斯眼前的光，就遮住眼鏡猴，遮住了所有人。

等到阿努比斯再睜開眼睛的時候，他發現，世界改變了。

這是一個阿努比斯不認識，卻又有點熟悉的世界，同樣的空氣，同樣的光線，同樣的聲音。

唯一的不同，是尺寸。

這世界的尺寸，怎麼變得這麼大？

阿努比斯發現，自己可以清楚看見約翰走路身上的毛細孔，可以看到他衣服上每條紋理，地上的泥土原來是數十種顏色的混合……會發生這樣的現象，解釋只有一個！

「我變小了！變得極小！」阿努比斯詫異的抬頭看去，此刻，他甚至無法看清楚眼鏡猴的全貌，他只看見他的鞋尖和鞋帶！

而他的鞋帶，對阿努比斯現在的尺寸來說，竟像一條河流般巨大。

「怎麼回事？我變成了什麼動物？為什麼會這麼小？」阿努比斯仰起頭，提氣對巨大無比的眼鏡猴喊道。

「蛋把你變成了一種唯一可以自由進入人體的動物，讓你去狙擊藏在約翰走路體內的龍子。」眼鏡猴蹲了下來，對著他肉眼無法察覺的阿努比斯說道。「那種動物……就是細菌。」

「細菌？」

細菌，是屬於人類與千萬種動植物最根本的源頭，甚至站在動物與植物演化交叉點的關鍵位置。

細菌，是一種動物，也是植物。

如今，更是阿努比斯最後搶救約翰走路的希望。

「所以，你準備好了嗎？」眼鏡猴對著地面上的阿努比斯說道。「迎接最新奇可怕的人體戰鬥了嗎？」

「我，」阿努比斯深深吸了一口氣，在人體內戰鬥，是他從未想過的一種戰場，「準備好了。」

「嘿。」眼鏡猴笑，「那就加油吧！」

「夥伴，我懂得你的心情，所以我會救你。」阿努比斯微笑，「我會讓你活下去，再見那撐傘女孩一面！」

說完，阿努比斯奮力一躍，幾乎沒有重力的他，飄過漫長的天空弧度，最後，順著約翰走路的呼吸，進入了呼吸道之中。

同一時間，約翰走路體內的第九龍子，貔貅，也彷彿感覺到什麼，蠢動了起來。

當阿努比斯化成了細菌，進入約翰走路的體內，他一手吊在呼吸道的黏膜上，一邊慎重的思考著。

「如果我是貔貅，我藏身在約翰走路的體內，隨時掌握他的生死，我該藏在哪裡呢？」

阿努比斯閉上眼睛，回想起他曾經遇過的神魔中，有誰對人體有比較高深的研究。

第一位，當然是地獄醫療局的局長，華佗。只可惜，他鑽研的是中醫，而人體解剖學則比較偏向於西醫的主流，而且華佗這幾年坐擁大權，也非如此容易親近了。

西醫中，有誰呢？阿努比斯腦海跳出了一個人，這個人雖然是黑榜十六強中的J級人物，事實上卻是阿努比斯相交多年的老友，怪醫黑傑克。

「能夠瞬間掌握人體生死的，一是心，二是腦。這兩者其一被破壞，人體就會在短時間內宣告死亡。」阿努比斯想起了黑傑克曾經說過這類似的話。

「看樣子，不是心臟，就是腦部了。」阿努比斯的手一鬆，立刻順著呼吸道開始往下滑。「先從心臟開始好了。」

只是，當阿努比斯鬆手下滑的同時，他並沒有注意到，此時此刻，他的背後，已經出現了第一雙緊盯的眼睛。

陽明山森林內。

眼鏡猴、熊貓團團、刺蝟女，以及鬣狗，正圍在約翰走路昏迷身體的周圍。

他們的表情，異常詭異。

「夜王一定沒想到吧？」鬣狗的表情猙獰。「他一吞下蛋，馬上就會獸化，而第一次獸化，不到二十四小時無法解開獸體。」

「沒錯。」團團的表情不再可愛，反而透露出幾絲兇狠。「而他現在正困在約翰走路的體內，只要……」

「夜王啊夜王，你也太粗心了。」刺蝟女蹲下身子，摸著約翰走路的胸膛。「你不知道，只要我們其中一人，燒毀約翰走路的身體，就可以徹底除掉你了嗎？」

「是啊。」最後一個開口的，更是斐尼斯團中，曾是台灣獵鬼小組團員，曾是對少年H信賴到推心置腹的男孩，更曾是夜王的友人，眼鏡猴。

他扶了扶眼鏡，藏在玻璃鏡片下的，是絕對凜冽的殺意。

「出來吧，藏在樹林後面的好朋友們。」眼鏡猴邪氣十足的笑了。「三腳蟾蜍、白骨精，以及……小丑！」

出來吧，夜王一路上追逐的死敵。

如今，夜王已經是待宰的羔羊了。

漆黑的呼吸道，彷彿沒有盡頭似的，不斷望下滑去。

阿努比斯順著這黑色甬道不斷的往下滑，雖然一路上人類第一道防禦細菌的防線「黏膜」已經啟動，可是，依然攔不住阿努比斯。

畢竟，阿努比斯就算變成了細菌，還是一隻擁有五千年神力的細菌。

他右手抵住呼吸道的黏膜，綠色的靈力啟動，登時與黏膜形成一道阻絕層，這層阻絕層讓阿努比斯的身體如同滑板般，滑過了層層的黏膜。

當佈滿了黏膜的黑色甬道，已經到了盡頭。

阿努比斯彷彿墜入了虛空之中。

然後咚一聲，他落下，落在一軟軟滑滑，又成圓弧形的地板上。

「這是哪裡？」阿努比斯拍了拍自己的左手。「龍老八，狻猊！你在嗎？」

「吼。」只見阿努比斯的左手，冒出一點火光。「老大，叫我小猊就好啦。」

「是嗎？怪噁心的。」

「不會啊，我現在和村正都互稱小猊和小村……」

「這是你們一獸一刀的怪異情節，別把我扯上。」阿努比斯做出一個怪異的苦笑。「你能照亮這裡嗎？但是別太高溫，我可不想燒穿了約翰走路的胸膛。」

「當然，低溫火焰。」只見小猊低吼了一聲，阿努比斯的左手登時亮了起來。

這一亮，卻讓阿努比斯和小猊同時驚呼了。

「好美啊……」

只見在小猊的火焰照應下，此時阿努比斯身處的地方，是一片泡泡之海，一圈又一圈層層疊疊的泡泡將小猊的火焰，透過無數的反射，變成了紅橙黃綠藍靛紫七種顏色。

而仔細觀察，每個泡泡的周圍，佈滿了一條一條的管線，管線中有著各色圓球緩慢流動。

宛若深夜中的遊樂園，美麗與奇幻融合的泡泡王國。

「這是肺泡。」阿努比斯四處張望，「看樣子，我們下到人體呼吸道的最底端了。」

「那接下來我們該怎麼辦？」小猊說。

「我們得搭上那管線，那是微血管，跟著微血管，我們就能到第一個目的地……」阿努比斯說。「心臟。」

「嗯。」

「不過，在那之前……」阿努比斯右手卻在這時候慢慢的舉高，專屬於他的綠色靈力正緩緩漲大。「我們得先解決掉這一個跟蹤者！」

「跟蹤者？」小猊回頭。

黑暗中，不知道何時，竟出現了一雙不屬於人類的碧綠眼珠，正緊緊盯著阿努比斯和小猊。

陽明山，森林。

「幹得好！你們逮到夜王啦。」森林中，馬湧呈副團長帶著兩個身穿斗篷的人影，走到了眼鏡猴的身邊。

「很好，很好。」其中一個穿著斗篷的矮胖男子，伸出佈滿膿包疙瘩的手，摸著約翰走路的臉。「沒想到，阿努比斯這傢伙英明一世，逃過地獄列車的狙殺，逃過濕婆大人大軍的追滅，最後卻因為一個認識不到幾個月的夥伴，葬送了性命啊。」

「沒錯。」另一個身形消瘦的斗篷人，發出誘人的銀鈴笑聲，一手摸著馬副團長的臉。「今天，終於可以除去這心腹大患了，你說是不是啊？馬寶貝。」

「是啊，哈哈。」馬副團長發出得意的笑聲，「你們幾個，幹得好！回頭重重有賞，等到我開啟了夢幻之門……」

「我們不要求獎賞。」這時，眼鏡猴先開口了。「我們要的是，霸王的下落。」

「他現在肯定樂得很呢。」消瘦的斗篷女子冷笑，「他正和遊俠團那個嗆女人在一起，就算死，也是石榴裙下死啊。」

「死？」刺蝟女往前站了一步。「你們打算對霸王做什麼？」

「放心。」那個滿手疙瘩的斗篷人乾笑兩聲，「他目前不會死，他正享受著美女和『高速車廂』呢。」

「高速車廂？」眼鏡猴和刺蝟女互望一眼。

「一趟高速的旅程，原本是我們替他安排，與阿努比斯同歸於盡的地點，誰知道阿努比斯不爭氣，咯咯。」疙瘩斗篷人發出令人厭惡的笑聲。「咯咯咯咯。」

「我想，我已經懂你的意思了。」眼鏡猴扶了扶眼鏡，微笑。「接下來，是要讓你們懂我們的意思了。」

「咦？」

「斐尼斯團的戰士們！聽命！」眼鏡猴右手舉起，發出怒吼，「獵物，已經被包圍了！」

「吼！」森林內外，超過千隻野獸同時怒吼，象哮、獅吼、虎咆、豹鳴，聲音如同天雷撼地，連樹葉都紛紛落下。

這一聲萬獸齊吼，甚至讓馬副團長嚇得靈魂出竅，要不是消瘦斗篷人的手抓住了他的肩膀，他可能早就嚇得仰頭倒下。

「開玩笑，當我們是被嚇大的？」消瘦斗篷女取下了頭套，一雙枯瘦眼睛綻放冷光。

「我們可是黑榜群妖中最棘手的，白骨精和三腳蟾蜍呢。」

「什麼屁黑榜！」眼鏡猴的手用力揮下。「戰士聽命！撕碎他們！」

「吼！」

這聲怒吼未絕，所有森林中的野獸，就排山倒海的移動起來。

約翰走路體內。

在一片美麗奇幻的泡泡王國中，阿努比斯和阿猊發現了他們對面，出現了一雙碧綠色的眼珠。

「是誰？」阿努比斯的靈力轉換成一把小型獵槍。「我並沒有感覺到你的殺意？你是誰？」

「汪。」那綠色眼珠，從黑暗中慢慢的顯出牠的原形。

那是一隻狗，一身淺棕色的柔軟毛，眼睛聰慧，是柴犬。

「你……」阿努比斯心念一動，放下了槍。「難道是……」

「汪，老大，你忘記了我嗎？」柴犬一開口，竟是熟悉的口音。「我凝聚僅存的意識，進入體內，來引導你和貔貅作戰。」

「所以你是……」

「老大，我就是約翰走路啊！」柴犬搖了搖尾巴。「汪！」

「嗯。」阿努比斯點頭，收起了手上的靈槍。「原來你真面目，是這副模樣。」

「老大，吼嗚，小心。」柴犬忽然低吼，那是狗狗們恐嚇敵人的憤怒低嚎。「現在別動！」

「別動？」阿努比斯慢慢轉過頭。

他看見了肺泡之外側上方，多了一隻巨大的眼睛。

那是一個發著綠色螢光的巨大圓形，周圍還飄著一條一條蠕動的細毛，圓形的中央是一隻緩緩轉動的大眼睛。

幸好，它並沒有發現阿努比斯他們，緩緩的游走了。

「那是什麼？」阿努比斯問。

「那是，T細胞。」柴犬的聲音驚魂未定。「人體三大防禦系統的胸腺T細胞，而剛才的則是T細胞中的傳訊兵，輔助T細胞。」

陽明山，森林。

群獸步伐紛亂，逼近了被包圍的馬副團長以及兩位黑榜妖怪，空氣中盡是濃厚的野獸狂暴氣息。

「很久了。」三腳蟾蜍慢慢的拿下了斗篷上的頭套，醜惡的疙瘩臉，發出咯咯的笑聲。

「這幾年來，一直在設計陷害別人，已經很久沒有真正動手殺人了。」

「手癢了嗎？」白骨精在一旁嬌笑。

「是啊，一聽到阿努比斯已經成為甕中之鱉，我就忍不住興奮的想殺人啊。」三腳蟾蜍的斗篷砰然一聲，震裂成碎片，而牠終於顯露出他的真面目。

一隻比大象還巨大，佈滿毒疣，黑綠色的三腳生物。

千年老蟾。

「甲賀忍法！」三腳蟾蜍的大嘴張開，一股濃到化不開的紅氣，噴了出來。「紅・霧・帖！」

這紅氣又濃又稠，瞬間瀰漫了整座森林，遮住了眾人的視線。

「這霧，有毒！」只聽到伸手不見五指的濃霧中，傳來眼鏡猴驚惶的怒吼。「小心！所有的動物們，快散開！快散開啊！」

* * *

「要到心臟，最快的辦法，就是搭專門的捷運線……也就是血管！」阿努比斯說，「因為所有的血管，最後都一定會到心臟裡面，透過心臟打血幫浦，再送到全身。」

「所以，要搭最近的一條線，」柴犬抬起頭，瞇起眼睛，「啊，有了，那條微血管，會通到肺靜脈！」

「靜脈會回到心臟！」阿努比斯用力一躍，「咱們走吧！」

一人一犬帶著一團火焰，穿過血管的夾縫，進入了人體運輸的動線之中。

這條路線中，到處都是高速奔馳的紅血球，一如在湍急河流中滾動的石頭，四處碰撞，卻又勇猛的往前滾進。

而阿努比斯往前一跳，一路踏過幾顆滾動的紅血球，最後，他順勢坐在最大顆的一顆扁平紅血球上。

只見往前滾動的大紅血球上，阿努比斯盤腿而坐，頭髮被風吹得往後飛揚，宛如乘坐巨獸的古老騎士。

「現在的紅血球比較鮮紅，是因為剛經過肺臟，把二氧化碳都換成了氧氣，所以血球特別的紅。」阿努比斯看著前方，「以現在血液流動的速度，我們不用五分鐘，就會抵達心臟了。」

「汪。」柴犬回應了一聲。

但是，阿努比斯並沒有悠閒太久，眼前滔滔的紅血球河流中，忽然出現了一隻形態特異的生物。

牠如同阿努比斯，站在不斷往前的扁平紅血球上。

牠似龍似狐狸，頭上長著兩根利角，肚子大得離譜，外表看似和善，坐在滔滔的紅血球河流中，看著阿努比斯等人。

「這是……」阿努比斯心裡一凜。「貔貅！」

只見貔貅點了點頭，膨脹的肚子激烈抖動起來，接著牠嘴巴張開，一連串金色的液體。達！達！達！達！如同砲彈射了出來。

「這是黃金！」阿努比斯右手一張一握，手上一把機關槍頓時被他握在掌心。「貔貅！

果然是你！滿肚子錢財的吉祥獸！」

然後，阿努比斯右手按住扳機，一排又一排如水波般的子彈橫掃過去，子彈軌道極度精確，竟然在空中把每珠黃金給盡數擊落。

但，雖然阿努比斯的子彈軌道精準，但是他卻一點喜悅的表情都沒有，因為，他看到了貔貅的臉。

那張獸臉，在笑。

還是一個陰沉的冷笑。

雖然看似和善，但也同時代表了一件事……

「難道有詐？！」阿努比斯像是猛然想起什麼似的，抬起頭看向肺靜脈的上方，這秒鐘，阿努比斯露出了一絲苦笑。

原本乾淨平滑的靜動脈表面，在四處亂射的子彈和金色液體下，無辜的多了幾個窟窿。窟窿正冒出汩汩的體液，而這些體液，轉眼間就引來一群又一群的扁平小蟲聚集。

只見那群小蟲蜂擁蓋住窟窿，不斷往內蠕動，不一會，當小蟲散開，窟窿就被修補完畢，它們正是人體最重要的修理兵，血小板！

「糟糕，血小板來了……很快的，下一個就會是……」柴犬喃喃自語，「T細胞啊！」

「中計！」阿努比斯轉頭，手上的子彈再度發射，快疾絕倫的子彈，瞬間把貔貅和牠乘坐的紅血球同時打爆成一片血漿。

可是，當紅血球的血漿散盡，卻沒有看到貔貅屍體。

「貔貅的本體不在這裡，牠只是來陷害我們的啦。」小猊的火焰從阿努比斯的左手冒出，從原本驕傲的紅色變成了憂鬱的深藍色。「慘了慘了，等一下那獨眼怪物就要來了……」

「不，他們不是就要來了，而是……」這秒鐘，阿努比斯右手的槍，從原本的機關槍，變成了威力更加強猛的衝鋒槍。「他們，已經來了！」

小猊和柴犬同時抬頭。

只見寬大的肺靜脈的上頭，不知道何時，已經聚集了數目超過二十的單眼錐體。

錐體上，僅有一隻巨大的眼睛，正透過半透明的肺靜脈，觀察著底下的阿努比斯等人。

「阿努比斯啊，你說輔助T細胞是幹嘛的？」小猊說。

「它們是前哨兵。」

「既然它們是前哨兵，那不就表示……」小猊的火焰，藍得更憂鬱了。「還會有真正的殲滅者會來！」

「沒錯，」阿努比斯聲音低沉，「真正的殲滅者，殺手T細胞馬上就會來了！」

這秒鐘，寬大的肺動脈上，所有的獨眼T細胞都讓開了。

而當空間被清開，背後一隻細胞，露出了它真正的模樣。

圓形，少了眼睛，身上卻佈滿了不協調的尖刺，或長或短，或粗糙，或光滑，宛如一顆讓所有船艦都聞之喪膽的，深海魚雷。

「小心！」阿努比斯大吼。「來了，殺手T細胞。」

同一時間，靜脈的牆壁被擠開，那深海魚雷「殺手T細胞」，就這樣以雷霆萬鈞的速度，狠狠地衝了下來。

陽明山，森林。

紅色濃霧宛如邪化的千手觀音，在森林中不斷延展出新的手腳，只是短短的數分鐘，就蔓延了整座森林。

群獸被遮蔽了視覺與嗅覺，登時亂了方寸，而更在這片濃霧中，傳來近乎妖魅的女子笑聲。

「哈哈……嘻嘻……咯咯……嘻嘻呵呵……哈哈嘻嘻……」

那是白骨精的笑，笑聲中飽含著讓人瀕臨崩潰的能量，一會悲傷，一會憤怒，一會瘋狂，一會狂暴。

這些笑聲，在伸手不見五指，含毒的濃霧中，竟逼得群獸像是瘋狂般開始自相殘殺，獅子咬破了老虎的肚子，大象踩爛了豹子的頭部，人猿撕裂了貓頭鷹的羽毛和身體。

而真正可怕的，卻是小白兔，牠們則像是饑渴的食人魚，群起攻擊，一大團毛茸茸兔子，用小小的牙齒咬住了山羊、山豬、所有的大型動物……然後啪嗒一聲，整團撕裂！

而濃霧中，更可怕的，卻是那不斷飄忽的三腳蟾蜍，以及牠能瞬間取下敵人性命的忍術。

「甲賀忍法！夜行殺！」

只見大霧中，不時傳來三腳蟾蜍這聲低語，而這聲音一過，伴隨而來的，絕對是一名夥伴死前的慘叫。

慘叫迴盪在紅色的濃霧中，伴隨著白骨精的笑聲，原本高昂的群獸戰意，竟被三腳蟾蜍和白骨精輕易的瓦解。

「別以為我們只會耍奸計！」濃霧中，白骨精的笑聲貫穿了眾人的腦門。「要殺我們？要你們付出整個軍團的代價！」

但，就算群獸已經接近崩潰，濃霧中，卻仍有一個人還沒有放棄。

所謂的生死戰役，他，可是看多了。

「刺蝟女、團團、鬣狗，你們還活著嗎？」濃霧中，眼鏡猴那略微輕浮的聲音，依然沉著。

「當然。」刺蝟女輕柔的聲音，在眼鏡猴的左後方傳來。

「還在，」團團低沉的聲音，在正前方的位置。「猴子，你有什麼計畫嗎？」

「我們，都聽你的。」鬣狗的聲音傳來，彷彿數十隻鬣狗同時嚎叫，讓人分辨不出正確所在。「猴子。」

「很好。」眼鏡猴扶了扶眼鏡，邪邪的笑了。「這兩隻妖怪合作起來，固若金湯，難以突破，所以我們要先宰了其中一隻。」

「喔？」刺蝟女問，「哪一個？」

「我們來當一次臨時的骨科醫師吧。」眼鏡猴的眼神，綻放銳利光芒。「來檢查這白骨精的鈣質夠不夠？」

人體的防禦系統，總共分為三組，分別是T細胞、B細胞，以及白血球，就是靠著這彼此關連，又功能獨立的防禦系統，幫人類度過漫長七十個寒暑，隨時隨地漫佈著細菌與病毒的世界。

T細胞，又稱為胸腺細胞，主要分為三個族群：輔助T細胞、殺手T細胞，以及抑制T細胞，這三族群輔助T細胞就像是前哨兵，它們數量最多，在人體各處遊走，偵查有無外來抗原入侵。

一旦發現外來抗原，包括細菌與病毒，輔助T細胞就會發出警訊，這時，殺手T細胞就登場了。

殺手細胞，堪稱人類軍事系統中，最殘暴的軍事武器，因為它們就像是深入敵軍的敢死隊，一黏住抗原，馬上合成足以毀滅抗原的抗體，與敵人同歸於盡。

而目前最令人聞之色變的後天免疫缺乏症候群（簡稱ＡＩＤＳ），就是Ｔ細胞被破壞的緣故，同時也是ＡＩＤＳ如此可怕的原因，因為它們不是被免疫系統獵殺的對象，ＡＩＤＳ攻擊人體防禦系統，當防禦系統瓦解，其他抗原才趁機破壞人體的內臟。

最後是抑制Ｔ細胞，主要功用是抑制殺手Ｔ細胞，戰場上殺手Ｔ細胞會因為抗原入侵而大量被製造，更陷入殺紅了眼的狀態，這時候抑制Ｔ細胞就必須控制正逐漸瘋狂的防禦系統，避免Ｔ細胞連正常人體細胞都一併毀滅。

而第二組則是Ｂ細胞，同樣擁有對入侵者極大威脅性的Ｂ細胞，比起Ｔ細胞近距離戰鬥，Ｂ細胞更像是砲兵，它們能射出漿細胞，破壞入侵的抗原，而且透過輔助Ｔ細胞的調查資料，每種抗原的獨特密碼都會被紀錄下來，並擁有一批獨特的抗體來應付。

最後，則是人體中一如巡邏隊的白血球，它們身形巨大，毀滅性極強，對付細菌是它們的拿手工作，當敵軍較小，白血球通常會選擇以吞噬的方式進行攻擊，但若是對方體積夠大，就會看到白血球像是敢死隊，不斷撞入外來敵軍，然後爆裂，直到外來者已經被完全毀滅成膿水。

人體的防禦系統是生物在地球進化數億年後，堪稱最完美，也最先進的武器，幾乎沒有外來病菌可以逃過它們的天羅地網。

除了兩種近年來困擾人類的疾病，一是AIDS，二是癌症。

AIDS之所以橫行，因為它是直接攻擊防禦系統，而毀滅人體的工作，反而交給其餘的病菌。

而癌症之所以高明，則是因為它來自人體自身的細胞分裂，防禦系統雖然無敵，但是正所謂禍起蕭牆下，它無法對付人體自發性的病變，因為它們不認為癌細胞是外來者，現行的最新的癌症治法，更是要引出T細胞來對付病變癌細胞。

如今，埃及古老神祇阿努比斯，帶著阿猊與約翰走路化成的柴犬，進入了人體內，要獵殺藏身其中的貔貅，阿努比斯要面對的，不是那些修煉百年的妖怪魔物。

而是人體的防禦系統。

這套經過上億年演化，堪稱最完美、最無懈可擊的上帝傑作。

此刻，站在靜脈紅血球上的阿努比斯，看著天空墜落的殺手T細胞。

他不怒反笑，眼神彷彿在欣賞著精緻的藝術品。

「好美。」阿努比斯讚嘆。「殺手T細胞，病菌的終極殺手，真的，好美。」

只可惜，殺手T細胞並無法理解阿努比斯的讚美，它從靜脈壁落下，立刻啟動自動追蹤抗原的能力，朝著阿努比斯，直飛而來。

「阿猊，憂鬱完了嗎？」阿努比斯的左手一握，強大的靈力灌注下，阿猊的火焰頓時膨脹起來。

顏色，頓時從藍色變成了紅色。

「老大，我挺你。」阿猊的那張獅臉，在火焰上扭曲著。

「那麼，開始打架囉。」阿努比斯的左手往前伸，一股由純然火焰構成的砲彈，轟然射出。

火焰，在空中擊中殺手T細胞。

殺手T細胞瞬間焦化，化成碎片。

「老大，你說人體防禦系統多厲害，我看也還好嘛。」阿猊的臉再度出現在阿努比斯的左手火焰上。

「我沒說它們一開始就很厲害，但是你要知道，我們面對的防禦系統，可是**活的**……」阿努比斯看著靜脈壁，又掉入了更多的殺手T細胞。

這群殺手T細胞的形狀，竟然有些不同。

它們身上多了一根類似喇叭的管子。

當小猊的火焰砲彈再度發射，許多T細胞同時從喇叭管吹出水柱，擊中火焰砲彈，砲彈就這樣在半空中，化成了毫無傷害力的蒸汽。

「它們是**活的**！」阿努比斯眼神中還是難掩激賞。「所以它們會進化，進化速度，更是數億年來，最快的一種。」

「哈。」阿猊的火焰，在這秒不藍反紅，更加漲大了。

「很好笑？」

「是啊，很好笑，我突然懂了，老大。」阿猊的火焰越來越強。「你為什麼會這麼興奮了。」

「喔？」

「因為，遇到會不斷變強的對手，可是每個戰鬥高手的願望啊！」

「很好。」阿努比斯右手亮出了自己的靈槍，剽悍的衝鋒槍，還有一大串的子彈。「四分半鐘，在抵達心臟前，我們一起享受這趟旅程吧。」

陽明山，紅色毒霧中。

眼鏡猴啟動了他自行設計的電子傳訊系統「密我密我」，透過這系統，可以和隊友說悄悄話，不被其他人聽到。

「白骨精，修煉年限是七百一十七年，從西天取經就已經存在，還是曾經讓孫悟空頭痛萬分的妖怪。」眼鏡猴的聲音，透過「密我密我」，傳到了其餘三大天王的耳中。

「對方這麼有來頭，我們該怎麼對付她啊？」從團團的聲音中，聽出難以掩飾的擔憂。

「我要一點時間提煉足以對付她的東西。」眼鏡猴說，「這段時間，我需要你們幫我，把她困在一個地方。」

「讓一個女人停留在一個地方？」電子系統中，傳來的是團團和鬣狗的聲音，「那有什麼問題。」

「很好，那刺蝟女妳和我一組，等到我把『那東西』提煉完成，我需要妳的幫忙。」眼鏡猴說。

「那東西？」刺蝟女忍不住問。「究竟是什麼？能夠毀滅從西遊記開始，就讓群仙頭疼的白骨精？」

「那東西啊，其實並不稀奇。」眼鏡猴的身上，開始冒出棕色的猴毛，他開始獸化了。「重點提示，白骨精既然全部都是骨頭，她所畏懼的東西，肯定和骨頭有關！」

「咦？」

「現代人啊，二十幾歲就彎腰駝背，膝蓋不能彎，腰不能折，山不能爬，那是為什麼？」

「因為……」刺蝟女想了一下，她畢竟是現實世界的玩家，忽然靈光乍現。「你是說……骨質疏鬆！」

「賓果！」眼鏡猴微笑。「白骨精這麼厲害，全靠她銳利堅硬的骨頭，如果我奪取了她的鈣質，讓她骨質疏鬆……」

「啊！」

「所以，」眼鏡猴全身已經完全獸化，然後只見他掏出一堆專屬『工人』職業的紅色道具，那是一只以玻璃球、加熱器，和濾紙構成的複雜機器。「我要靠獸化後提升的組裝機器速度，提煉這專門產生骨質疏鬆的『東西』！」

「嗯。」刺蝟女用力點頭。

「各位，」眼鏡猴在通訊中，發出行動的訊號。「這次行動的名字，就叫做『再見吧，我親愛的阿鈣，滅殺白骨精計畫！』各位朋友，動手了！」

人體內。

肺靜脈的滾滾紅血球，終於匯集到了靜脈，即將進入人體最大的血液匯流中心，心臟。

而河面，不再是微血管的狹窄，而是寬闊無邊的巨大河面，宛如黃昏的長江。

無邊無際的河面，只有不斷往前的江水。

江水中，乘坐其中的，正是阿努比斯。

他滿身傷痕，頭髮隨風飛揚，左手冒著熊熊火焰，右手握著槍管已經發紅的衝鋒槍，腳邊跟著一隻英武的柴犬。

但，情勢雖然險惡，阿努比斯卻依然在笑。

「注意啊，阿猊，下一波殺手T細胞馬上就要來了。」

寬闊的靜脈天空上，就在此刻，多了一點一點的亮光，亮光越來越密，如佈滿星星的仲夏夜晚。

「看樣子，T細胞已經傾巢而出了。」阿努比斯抬著頭，看著天空密密麻麻的亮光，從天而降的壓迫感，讓底下的人感到呼吸困難。「進入心臟前，這肯定是最慘烈的一仗了。」

「老大，很過癮啊。」小猊的火焰轟然漲大，赤紅中，甚至有著純潔的白。

天空中的T細胞，墜下。

越墜越快。

最後，化成了一片照亮靜脈壁的火流星雨，朝著阿努比斯等人，直衝而下。

而經過四分鐘超過十場的苦戰，每個殺手T細胞，已經進化到超乎想像的模樣。

原本綠色柔軟的圓形身體，變成可以防彈的鋼鐵外殼，外殼還盤繞著一條能伸縮的塑膠管，前端有個巨大噴嘴，後端則連接到能瞬間熄滅火焰的液態氮瓶。

而且每隻殺手T細胞的底部，還多了能噴火的加速飛行器，目的是避開阿努比斯精準的子彈軌道。

原本就外型酷似深海魚雷的殺手T細胞，此刻，看起來更是可怕，宛如外星球來的毀滅性武器。

「短短時間內，將自己改造成這樣。」阿努比斯的槍，也隨之不斷進化，此刻已經是擁有手榴彈的獵槍。

每一個扳機扣下，當彈殼往後蹦開，空中就是一大片火焰轟然炸開。

以及殺手T細胞黑色的碎片，如小雨落下。

「如果約翰走路真的有知覺，可能會因為這場感冒，而累到必須回家躺好吧。」

「汪！」柴犬往後一躍，咬住想要偷襲阿努比斯背後的殺手T細胞，用力摔到紅血球河流中，一眨眼，這T細胞就被紅血球淹沒了。

此時，空中的殺手T細胞不斷衝下，而阿努比斯手上的槍榴彈則像是機關槍一樣不斷在空中飛射。

火焰，亮光，怪物爬行，還有一聲接著一聲的爆破。

宛如一場聲光效果驚人的戰場，震撼威力，久久不絕。

「打不完！該死的貔貅，顯然就算耗盡約翰走路體內的能量，也要消滅我們！」阿努比斯咬著牙，承受著巨大的子彈反作用力。「快到了，我看到心臟瓣膜了！」

只見滔滔的紅血球之河的盡頭，出現了一扇門。

嚴格來說，是一片肉，而且還是一片超大的肉。

聳天巨大的肉片，如同水庫閘門，正藉由一開一闔，控制著寬闊紅血球河的流量。

「到了！那是瓣膜！」阿努比斯眾人歡呼。「要進入心臟了！」

可是，就在這個時候，柴犬卻發出一聲不對勁的吼聲，「汪！」

「柴犬？怎麼了？」阿努比斯一聽，回頭。

「天空中有個東西……好像不是T細胞？那是什麼？」柴犬開口。

「那是？」阿努比斯朝著柴犬的方向看去，一片火流星不斷墜下的天空中，不知道何時多了一個白色的物體。

那物體，很白，白到幾乎透明。

而且它不只白，它很大，大到幾乎遮住五分之一的靜脈天空。

它似乎也是活的，像是一條雲霧之龍，在火流星中迂迴穿梭著。

每迂迴一次，就靠近阿努比斯眾人一分。

「好美，好美的生物啊。」阿猊傻愣愣的看著在空中遨遊的龐然大物。「龍？人體裡面也有龍？」

「這不是龍。」阿努比斯這秒鐘，再度催動已經接近瓶頸的靈力，額頭爆出滴滴汗水。

「那是人體防線中，最剽悍的獵殺者。」

「最剽悍的獵殺者！？」阿猊呢喃。「所以……它是？」

「它就是，」阿努比斯用力嚥下了口水，靈力還在催動。「白血球！」

阿努比斯手上的槍榴彈，竟然重新組裝成比槍更具毀滅的武器，那是一尊砲。

砲，是的，有砲台，有砲管，有砲輪，還有一顆又一顆比手臂還巨大的彈藥。

同時，那條美麗的白色雲龍，也迂迴到了阿努比斯的面前，阿努比斯在它面前，就像是白鯨記中，妄想與深海怪物挑戰的渺小人類。

「強者，就是要像你這樣啊！」阿努比斯大笑，爽朗笑聲中，他拉下了砲管，火焰與彈藥，同時點燃。

而白色雲龍，也張開了嘴巴。

白血球的巨嘴一片漆黑，在阿努比斯面前，像是一座平地隆隆升起的黑色高山。

闔。

巨嘴闔上。

爆。

而砲彈，也在這秒鐘，爆開。

陽明山，森林。

紅色濃霧中，出現了一個極為特殊的味道，和森林與霧氣，都不太搭嘎的味道。

那味道，很香，很濃，很醇，是一種讓人食指大動的味道。

「這是什麼？」刺蝟女擔任眼鏡猴的護衛，忍不住問道。「你究竟在提煉什麼？」

「我在提煉的是，曾經打動全世界各地的味蕾，更引發戰爭的極品。」眼鏡猴笑。「特濃，咖啡！」

「啊？特濃咖啡？咖啡？」刺蝟女感到一陣疑惑。「咖啡和骨質疏鬆有什麼關係？」

「長期飲用咖啡的人，身體鈣質容易流失，如果醫生沒有騙我們的話……」眼鏡猴眼前的機器，正發揮咖啡機的虹吸效應，慢慢凝聚一滴滴的棕色液體，落在杯子裡面。

每落下一滴，所漣漪所激出來的香氣，都香濃到令人渾身酥軟。

「所以你要用咖啡來打敗白骨精？！」刺蝟女的眼睛睜得好大好大。「你在開玩笑嗎？就算你的那杯咖啡，是集合了萬杯咖啡的超特濃精華，也……」

「我沒開玩笑。」眼鏡猴眼鏡泛著白光，嘻嘻笑著。「但別忘了，這裡可是地獄遊戲！什麼惡搞，都可能被實現的。」

而當這杯咖啡逐漸滴滿的同時。

濃霧中的戰況，卻已經出現一面倒的慘況。

群獸在毒霧和怪笑聲中，已然潰散，分別朝四方逃竄，霧中，僅存具有戰鬥力的，是最後的四個獸王。

「我是吃竹子的熊貓！」團團在霧中，發出低沉又令人頭皮發麻的吼聲。

然後牠用力一跳，身體竟然旋成一大團毛茸茸的球。「看我斐尼斯四天王，熊貓的絕招，被人踢來踢去的人球，不……熊球！」

熊球，開始往前，急速滾動起來。

越滾越快，越滾越兇猛，像是一團黑白交錯的砲彈，射向最厲害的兩個敵人，白骨精與三腳蟾蜍。

「甲賀忍法！」已經回復原形的三腳蟾蜍冷笑一聲，「蟾蜍之舌。」

只見三腳蟾蜍的嘴巴張開，一條鮮紅潮濕的舌頭，噁心的扭動幾下，疾電吐出。

「只要被我蟾蜍之舌黏住，管你是什麼神魔，全部都動彈不得！」三腳蟾蜍大笑。「乖乖成為我今天的晚餐吧。」

「笑話。」團團低笑一聲，熊貓之球在碰到舌頭的最後一剎那，硬生生的改變了軌道。

一個幾乎九十度的轉彎，繞過了蟾蜍之舌，而直接迎向三腳蟾蜍的頭。

「該死！」三腳蟾蜍只見眼前的球體越來越大，最後大到足以把自己的臉整個蓋住。

砰。

熊貓之球，夾著雷霆萬鈞的力量和……體重。

把三腳蟾蜍的頭，整個埋入了陽明山的森林土地之中。

只剩下四隻蟾蜍腳抽筋似的顫動。

「鬣狗，快！」團團的球體仍不斷轉動，牠雖然獲得優勢，聲音卻仍帶著極度的不安。

「這隻臭蟾蜍的力量好強，我隨時可能崩潰，換你了！」

「收到。」鬣狗發出咆哮，四足邁開，衝向了牠的目標，濃霧中妖魅的製造者，白骨精。

「想反擊啊？」白骨精哼了一聲，嬌笑。「看樣子你們人類，真的越來越大膽了呢。」

「斐尼斯團的四天王，鬣狗絕招。」鬣狗奸嘯，往前狂奔。「熱愛群體活動的健康人生。」

只見，沒跑幾步，鬣狗的樣子就發生改變，牠跑著跑著，竟然分出兩隻，一左一右，持續往前狂奔。

「咦？」白骨精大眼睛眨了眨，是她看錯了嗎？

因為紅霧中，兩隻鬣狗再度分成了四隻，四隻朝著不同方向跑去，接著，又分裂成八隻，十六隻，三十二隻……

不一會，整個森林中，竟然全都是奔跑的鬣狗，每隻鬣狗發出不同聲音的咆哮，彼此呼應，讓森林彷彿變成了一座鬼哭之城。

「這是分身術啊。」白骨精眼睛瞇起，笑了。「沒想到，一個小小斐尼斯團，會有人練成難度這麼高的法術！看樣子，能讓你們服氣的團長，可能真的是『失蹤那人』喔？」

「咆嗚。」第一隻鬣狗，朝著白骨精，發動了猛攻。

「傻瓜。」白骨精一笑，「雖然你有點能耐，但是要殺老娘，你啊，還未夠班。」

只見白骨精的手掌朝前，擺出一個優雅的手勢。

忽然，一道白光從她指尖，激射而出。

白光何等銳利，竟穿入了鬣狗身軀，血濺森林。

眾狗一陣騷動，終於看清楚了那白光的真面目。

骨頭，那是白骨精硬如鋼鐵的指骨。

「再上！」森林中數不清的鬣狗同時尖叫，「再上！再上！」

聲音剛落，又有將近十隻鬣狗一起躍起，或攻下盤，或由上往下撲擊，或抓側邊，好一個擅長團體戰術的非洲戰犬。

「別太囂張！哼！」白骨精身體的斗篷瞬間往上飄起，十道白光，從斗篷下激射而出。

分別是上頷骨，顎骨，左手無名指指骨兩截，右手手腕的手舟骨，腓骨，還有四塊趾骨。

共十塊骨頭，化成十道激射而出的白光，毫不留情的貫入十隻鬣狗體內，只見鬣狗們發出淒厲的哀號，最後化成靈力的泡沫，消失在空中。

「什麼群體活動？擺明就是想以多欺少。」白骨精嘲笑。「但，你知道人體裡面，有多少骨頭嗎？」

「再上！再上！」鬣狗群的尖叫，仍在森林中迴盪，「十一根！十一根了！再上！再上！」

然後，這次是數目更多的鬣狗撲擊，數目之多，已經宛如一大片黑壓壓的黑雲，整個罩住白骨精。

「那就看看是你的狗狗多，哼，還是我的骨頭多吧！」白骨精用力吸了一口氣，斗篷再度往上飄起，底下的白光，如同機關槍般，狂暴的掃射而出。

鬣狗爆裂，白光亂射，好一場數目拚數目的混戰。

森林另一頭。

「好了嗎？」刺蝟一邊用自己的靈力，抵擋周圍不斷侵襲來的紅霧，一邊抓著眼鏡猴的背後長毛。「人類的骨頭共有兩百零四到兩百零六根，鬣狗最強的分身術，只有一百五十，牠撐不到最後的。」

「快了！快了！」眼鏡猴的額頭汗水一滴滴落下。「要提煉出最精純的咖啡，並不是那麼容易的啊！」

虹吸咖啡機，就在這時候沸騰起來，球體玻璃表面被一大片水蒸汽霧化。

最純粹的咖啡，眼看，就要滴滿一杯了。

這杯最濃、最香、最純、最醉人的咖啡，也最能奪走人體鈣質的迷人毒藥，就要登場。

眼看，就要登場了。

約翰走路，人體內。

就在阿努比斯等人，終於要從靜脈回到心臟的最後一刻，從天而降的雲色巨龍「白血球」，突然來襲。
子彈對這條美麗的巨大怪物毫無效果，逼得阿努比斯催動靈力，將他原本擅長的「具現化系」提升到頂峰，一尊砲，於是誕生。
於是，雲色巨龍與阿努比斯的靈砲，正式衝撞。
白血球的嘴巴闔上。
宛如深海中的白鯨，蓋上了嘴巴。
阿努比斯連人帶砲，都被吞入了白血球的嘴巴裡面。
「夜王老大……」柴犬睜著眼睛，看著這令人吃驚的畫面。「怎麼回事？你那厲害的刀子呢？為什麼不用？為什麼……」
柴犬發出悲憤的嚎叫，同時往前奔去。
「我約翰走路在這裡雖然沒有什麼力量！可是，我要替夜王老大報仇！」
但，柴犬卻只衝了兩步，就停下了腳步。
因為牠發現，天空，一片柔和藍色的靜脈天空，發生了異狀。
綠光。
天空中，正透映著柔軟細長的綠光，一條又一條，彷彿跳舞似的在空中躍動著。
「極光？」柴犬張著嘴巴，牠沒見過極光，但是在牠跟著錢少女背影的歲月，牠聽過這名詞。

那是屬於北地的夜晚，太陽離子撞擊地球大氣層，所誕生的奇幻美景。

這裡，人體之內，為什麼有極光？

忽然，柴犬的腳步不只停了，牠還帶著雀躍的心情，搖起了尾巴。

因為牠想起了，牠曾經見過這樣的美麗的綠色，一如極光般珍貴而強大的力量，那是人潮熙攘的台北城，君臨天下的建築物一〇一大樓上。

那時候，正是夜王震怒，收服妖刀村正的時刻。

極光的綠，渲染了靜脈的上空，然後，還在空中迂迴優游的白血球，也被染成了綠色。

越來越綠，白血球的動作越是怪異，彷彿身體吃下了什麼不對勁的食物，開始膨脹，搖晃，最後，它的動作陡然停住。

一道綠光，從它的體內，穿了出來。

然後是第二道、第三道、第四道……無數的綠光，宛如一顆綠色星星，在空中炸開出一大片燦爛煙火。

而白血球，這條巨大的雲龍，也隨著綠光，轟然炸成碎片。

「汪！」柴犬興奮的搖著尾巴，天空中，那個全身散發綠光的主人，正緩緩飄下。

他如神魔降臨，黑色大衣飄動，就算在人體之內，也絲毫無損他的霸氣。

他是，夜王・阿努比斯。

「走吧。」阿努比斯落地，大無畏的往心臟巨大肉片走去。

「嗯，老大，從剛才到現在，我有兩個問題，一直想問你。」柴犬吐著舌頭，跟上了夜王的步伐。「第一個是，那綠色光芒是什麼啊？我從來沒看過那種光線，好像不是屬於人類可以製造出來的光線勒？」

阿努比斯沒有回答。

倒是他左手的阿猊火焰，悄悄點燃，替他回答了這個問題。

「狗狗啊，我跟你說，那不只是光線而已。」小猊的聲音中是絕對的敬畏。「那是神魔人三界非常稀少而珍貴的力量象徵，可視靈波。」

「那第二個問題……」柴犬充滿靈性的眼睛看著夜王。「為什麼從剛才激戰到現在，幾次歷經生死交關，我卻始終沒看到它？」

「它？」

「您的隨身佩刀啊。」柴犬說，「妖刀，村正！」

阿努比斯還是沒有回答。

但是，在獵獵吹來的靜脈河風中，他的表情，卻神祕的笑了。

陽明山，森林。

熊貓團團將自己的身體化成一團「熊球」，藉由牠傲人的體重和強大的轉勁，暫時壓住了三腳蟾蜍。

但是，隨著自己身體不斷的顫抖，隨著三腳蟾蜍反擊的力道越來越強勁，牠知道，防線全面崩潰已經是遲早的事情。

「快啊！眼鏡猴！」牠聲嘶力竭的喊著。

另外一頭，鬣狗展現了牠傲人的技巧，透過靈力的分配，不斷將自己的身體分化，分化成上百隻獠牙飢餓的猛犬，突襲白骨精。

只是，擁有兩百零六根骨頭的白骨精，宛如一隻彈藥永無止盡的機關槍，將骨頭化成武器，鬣犬的身體不斷被射穿。

鬣狗能做的，只是困住每塊骨頭，不讓它回到主人身邊。

但是隨著鬣狗的數目剩下不到十隻，牠知道自己的極限已經到了。

「眼鏡猴！快！」鬣狗尖銳的咆哮。

而眼鏡猴正盤腿坐在地上，獸化的他，擁有比以前更快速、更精密組裝機器的能力。

但，就算他已經三倍進化，眼前這杯咖啡，卻始終差了那麼一點。

還沒滿，還要一下子，才能提煉出完全消滅白骨精的咖啡。

最後一滴，宛如咖啡色寶石，正在咖啡機的滴嘴上，搖搖晃晃，不斷凝結。

「快了！」眼鏡猴的手心見汗，「只要再一下！」

「不行了吼！」團團率先失守，三腳蟾蜍巨大的身軀掙脫了熊球的壓迫，同時那條鮮紅的舌頭，「啪嗒！啪嗒！」的圈一圈繞住了團團的身體。

接著，舌頭，開始用力收緊。

團團黑白雙色的球體，開始被舌頭絞得凹陷，然後，第一道血柱，就這樣從熊球上噴了出來。

接下來，是第二道血柱。

眼看，熊球就要被整個絞爛。

而另外一頭，鬣狗的數目，終於剩下最後一隻了。

殘缺到剩下一張臉的白骨精，咯咯的笑著，她舞動人體最長的骨頭，大腿骨。

「剩下最後一隻了，別告訴我，你還不是真身啊！」

說完，大腿骨夾著凜冽勁風，朝著鬣狗的頭頂，狠狠砸了下去。

鬣狗苦笑，這次真的掛了，要不是我家霸王不在，不然你們這兩隻小妖怪又算什麼？要不是姓馬那傢伙背叛我們，我們斐尼斯團豈是好惹？

「可惡！」鬣狗憤怒的大吼，「可惡啊！」

這秒，鬣狗閉上了眼睛。

等待頭顱爆裂的疼痛感，以及被驅逐回現實世界的失落感。

但，奇怪的是，這下爆裂，卻沒有想像中的痛。

不，這根本不是痛，根本不是他念國中時候，和黑社會同學幹架時候，拿板凳打到頭的疼痛。

反而像是被一塊餅乾敲到，一敲，那餅乾就在自己的頭上粉碎了。

咦？像餅乾？粉碎？

這剎那，鬣狗像是想到什麼似的，猛一睜開眼。

因為，那根大腿骨，果然，粉碎了。

碎的原因，鬣狗知道，當然不是因為自己頭夠硬，而是骨頭上，多了一根針。

那是刺蝟的針，灌飽咖啡色液體的針筒。

針頭，正插在大腿骨之上。

「我是不知道你們在現實世界是什麼身分啦。」森林中，傳來刺蝟女可愛迷人的女音。「但是，說起打針，可是我的本行，小妹可是實習護士二級呢。」

「啊啊啊啊——」白骨精看著自己的大腿骨被注入咖啡後，竟如同餅乾般粉碎，驚駭得不斷的往後退。

「還有呢。」刺蝟女的身體一抖。

這一抖，代表的是，上萬根的針，如雪片般飛了出來。

「喝飽點啊，壞女人！」刺蝟女笑。

當針的數目破萬，不只代表它很多，更代表著它完全不需要準頭，因為，你絕對躲不掉。

一蓬一蓬的針，密密麻麻的釘入了白骨精兩百多根骨頭中，包括那些被鬣狗暫時扣住的骨頭上。

鈣質，構成人類骨骼堅硬祕密的元素，被咖啡無情帶走，尤其是眼鏡猴特調的超濃咖啡。

「怎麼會這樣？怎麼會這樣？」白骨精看著自己身上最得意的骨頭，一片一片變得酥軟、鬆化，她越來越驚駭。「七百多年來，我縱橫人間地獄，名列黑榜三百妖怪，怎麼會這樣？怎麼會弄到如此田地？」

她想逃，可是沒逃幾步，她發現自己的腿骨裂了，再逃一步，髖骨碎開，再往前逃一步，整個骨盆就這樣坍塌了下來。

「我，要回去，我怎麼可以，敗在這裡……我是黑榜妖怪……我是西遊記中的大妖，我滅了薔薇團……我怎麼可以……」

剩下上半身的她，雙手撐在地上，拚命往前爬，只是每當她往前一分，身體的骨骼就碎了幾塊。

甚至在地上，留下一條蜿蜒的碎骨頭路。

到最後，她只剩下頭骨，還有一隻眼睛。

她只能用殘存的靈力，滾動自己的頭骨，她還想要逃。

直到，她的頭，撞到了一個柔軟的東西。

那是腳，一個男生的腳。

「啊啊。」白骨精轉動自己的頭，看見了腳主人的模樣，戴著黑框眼鏡，笑容邪氣，是標準宅男的模樣。「眼……眼鏡猴！」

「白骨精，妳剛剛不斷的問，怎麼會這樣？為什麼會發生這種事？」眼鏡猴蹲下，在白骨精耳邊低語。「我現在，就可以給妳答案。」

「為什麼？」

「因為，」眼鏡猴閉上眼睛，哀傷的微笑。「妳不該害死我兄弟。」

「你……你兄弟？」

「妳忘了嗎？」眼鏡猴的眼淚，慢慢淌過了臉頰。「中山捷運的暗巷，台灣獵鬼小組與你們的激戰，那個為了掩護其他兄弟，孤身留到最後的男孩。」

「啊啊……」白骨精感到渾身顫抖，她有點明白了，為什麼眼鏡猴會找出她的弱點，那並不是短時間就可以解開的，而是眼鏡猴精心設計過的。

因為，他從那場巷戰開始，就在等待這一天。

等待圍殺白骨精的這一天。

「那男孩啊，很笨，不聰明，講話還口吃，老是畏縮的躲在我們後面，可是我們知道，他啊，比誰都愛獵鬼小組，他比誰都認真的把我們當作他的家人。」眼鏡猴的手上，翻出一根槌子，慢慢的舉高。

「不……等等……你能殺我……你是誰？你不是普通人……」

「所以他才選擇一個人留下，和你們這些妖怪戰鬥，我永遠記得，他最後拉住血腥瑪麗的腳，用生命，用自己的生命阻止了她的前進……」眼鏡猴的槌子，持續舉高。「那男孩，妳還記得嗎？」

「你的來歷……你加入台灣獵鬼小組之前……究竟……」白骨精只看著那槌子，她知道，此刻的她只剩下最後一塊骨頭，只要一被敲碎，元神無所依歸，就是魂飛魄散的結局。

「他的名字，等妳去更深的地獄後，好好溫習吧。」眼鏡猴的槌子，轟然落下。「他的名字，叫做**小三！**」

卡。

清脆而短暫的碎裂聲。

白骨精最後一塊骨頭，碎開了。

風一吹，連那些碎片，都隨風而逝了。

白骨精，這個活了七百多歲的妖精，這個曾讓獵鬼小組頭痛萬分的女人，這個多次危害到阿努比斯的女人，如今，卻在地獄遊戲的這個森林的角落中，悄悄的，退出了戰場。

她死前，留在她心底的，卻是一個怪異的疑問。

眼鏡猴，這其貌不揚的男孩，自私任性個性的背後，卻設計一個「超濃咖啡」逆殺自己的局，這創意十足的局，目的竟只是為了替自己一個死去的夥伴報仇。

表面吊兒郎當，私底下卻比誰都重義氣的性格，讓白骨精感到好熟悉，好熟悉啊，數百年前那片通往西方的黃色沙漠中，她是不是也曾遇到一個男孩，和眼鏡猴很像？

眼鏡猴，他真的只是一個喜歡電子，莫名其妙死去的台灣男孩嗎？

抑或……？

可惜，白骨精已經無法再探究下去了，此刻她的靈魂，即將飄流到遠方，永遠，永遠的退出了戰場。

而當白骨精靈魂消逝的同時，森林的另外一頭，一聲讓人耳膜震動的低鳴，傳了出來。

那是三腳蟾蜍。

牠發出震驚和憤怒交雜的蟾鳴，舌頭一抖，眼看就要把團團給擠成肉醬。

「你們這些低下的人類！好大的膽子！竟敢殺害我們妖怪！連阿努比斯和他手下都被我整得團團轉！」三腳蟾蜍的力量如海嘯般壯大起來。「我要用甲賀忍法，讓你們後悔自己活著！」

「眼鏡猴！」刺蝟女還未品嚐擊敗白骨精的喜悅，她拉著眼鏡猴的衣袖，滿臉著急。

「快想想辦法，救救團團吧。」

「對付這隻蟾蜍，我沒有辦法。」眼鏡猴雙手插在口袋，搖頭。

「啊？」刺蝟女眼睛含淚。「你不是說，你等這兩隻妖怪，已經很久了？為什麼沒有辦法？」

「抱歉。」眼鏡猴雙手仍在口袋裡，沒有任何出手的意思，「我真的沒有辦法。」

「那怎麼辦？難道我們都要死在這？」刺蝟女叫著。

「不用，我們都不會死。」

「啊？」

「我是沒有辦法。」眼鏡猴慢慢的把手從口袋裡面抽了出來，扶了扶眼鏡。微笑。「但是，並不代表『他』也沒有辦法喔。」

「啊？他？」

「他？」眼鏡猴的笑容中，有著招牌的邪氣。「當然就是夜王啊。」

約翰走路，體內。

「夜王老大。」柴犬搖了搖頭。「我聽不懂你的意思欸，為什麼提到村正，你會笑得這麼神祕呢？」

「我不使用村正的原因。」阿努比斯淡淡的說，「是因為，我根本沒有把它帶進來。」

「啊？沒有把它帶進來？所以……」柴犬睜大眼睛。「它在外面！」

「是的，它在森林中。」阿努比斯說到這裡，臉上又出現那霸氣十足的笑。「準備當它可怕的老本行，令敵人聞之喪膽的，**刺客**。」

陽明山，森林。

三腳蟾蜍的低鳴，一聲大過一聲，整座森林彷彿地震般，樹葉紛紛掉落。

「死吧，愚蠢的人類！」三腳蟾蜍怒吼。「甲賀忍法，舌絞殺。」

那條又長又噁心的紅色舌頭，用力一抖，直絞向熊球的身體，熊球血柱從四面八方噴出，如果再不阻止三腳蟾蜍，這個被票選為奧運吉祥動物的熊貓，馬上就會失血過多變成熊貓乾。

這時，眼鏡猴的手，慢慢從眼鏡前拿了下來。

眼睛瞇起。

「事到如今，你還不出來嗎？」眼鏡猴陡然提氣大喝。「妖刀之王，村正！」

村正。

三腳蟾蜍身體一抖，村正，沒有進入約翰走路的身體內，它……還在這裡？

「該死！該死啊！」三腳蟾蜍舌頭一收，試圖重整戰鬥姿態，因為，如果村正還在這裡，那表示牠要面對的不再是普通人類組成的玩家，而是，另外一個黑榜群妖。

還是，一個排名在自己之上的絕世妖兵。

但是，三腳蟾蜍終究慢了一步。

牠的頭，陡然一陣冰涼。

冰涼從腦門，直接透入了頭部、頸部，最後，停在胸口。

三腳蟾蜍駭然，因為牠知道，那冰涼，是一把兵刃，一把絕世妖兵。

「三腳蟾蜍啊，你剛剛是不是說，阿努比斯和他的手下，都不是你的對手？」一個低沉的聲音，從三腳蟾蜍的腦門傳了出來。

「啊啊啊啊。」三腳蟾蜍感到冰涼之後，是溫暖的血液開始流動，熱熱的血正不斷的湧出。

「我忘記了，你的腦被我貫穿，已經不能講話了。」村正冷笑。「那就插得再深一點好了。」

只見村正再度往下插落。

三腳蟾蜍腦門的血，更是瘋狂的噴出。

「妖刀，呼呼，呼呼，你，死定了。」三腳蟾蜍睜著滿是血絲的眼睛，不斷的喘氣，

「濕婆大人，他，不會，呼呼，放過你的……」

「濕婆？」村正的刀身，正帶著一股冰涼的殺勁，不斷往下插落。「現在濕婆老大，是自身難保啦。」

「自身，難保？」

「根據我家夜王老大的情報網，濕婆手下四大印度高手，那高傲的孔雀王敗給了狼人T，而哈奴曼則栽在少年H的手裡，智慧象神更是死得不明不白，莫名的被一股巨大魔力給吞噬，而最後一個羅剎王……」

「羅剎，王？怎樣？」三腳蟾蜍的身體，正被村正的刀身一點一滴的穿透，只要刀子從牠的下方透過，就算是大羅神仙也難救了。

三腳蟾蜍可不是一隻笨妖怪，牠不斷凝聚體內的忍者力量，準備替自己撞出一條生路。

所以，就算已經逼近死亡，聊天，還是有其必要的。

「羅剎王，恐怕也凶多吉少了，嘿嘿。」村正的刀體，還在陷落。「所以所謂識時務者為俊傑，蟾蜍啊蟾蜍，你就……」

村正的刀身，忽然加速。

狠狠地往下貫穿，噗一聲，刀子就這樣穿出了三腳蟾蜍的雙腿之下。

熄了，三腳蟾蜍的最後生機，終於熄了。

「村正！你！」三腳蟾蜍的臉上，出現了一條筆直的紅線，紅線順著剛才村正穿過的刀痕，不斷往下延伸。

「我們都是混過黑榜的。」村正的刀，發出錚然一聲，宛如冷笑。「我怎麼會不知道你那套伎倆?想靠聊天拖時間，你以為你是賣車的正妹嗎？」

「可惡，真的可惡啊。」三腳蟾蜍臉沿著紅線，左上右下，慢慢分成了兩塊。「我，我不甘心，我，不甘心……」

「沒什麼好不甘心的。」村正冷冷的說，「每個故事，壞人不是被感化，就是死掉，你不會想被感化吧？」

「吼！」三腳蟾蜍發出最後的悲鳴，身體終於完全分成了兩塊。

靈魂，也正式離開了地獄遊戲。

牠，從地獄遊戲登場以來，設計最多的詭計，害死最多玩家，和阿努比斯多次對壘，前半場都佔足上風的三腳蟾蜍。

而如今，牠也走到了這一步。

靈魂潰散，只留下一地供玩家撿拾的道具，還有，在地面上滾動的白色眼珠。

眼鏡猴低下身子，撿起了那顆珠子，而他的耳邊，傳來了一陣金屬震動聲。

規律，簡單，其中卻意外的透露出威嚴與悲傷。

那聲音，是村正發出的，彷彿是為了送同為黑榜的三腳蟾蜍一程，所發出的安魂曲。

接著，村正在這片攸攸的震動聲中，沉靜的說話了。

「阿努比斯最顧忌的一隻黑榜妖怪啊，你究竟要躲到什麼時候？」村正聲音冷然。「小丑牌，現身吧！」

約翰走路，人體內。

「一，二，三，跳！」

阿努比斯和柴犬算準了瓣膜開闔的速度，搭著扁平的紅血球，像是瘋狂的泛舟小船，一鼓作氣的從寬闊的靜脈，進入了巨大無比的血液幫浦，心臟。

「這裡好像大湖喔。」柴犬順著靜脈進來之後，彷彿從寬闊的大河，進入了另一個更加寬闊的世界。

右心房。

「右心房連接肺靜脈，將這些通過肺臟，含氧量較高的血液暫作儲存，準備迎接下一段的循環系統。」

「那下一段的循環系統是什麼？」阿猊從阿努比斯的左手，探出一個火頭，詢問道。

「右心室。」

「那是？」

「那裡就是人體內所有血液流動的力量泉源，人類透過心室的肌肉，對血液進行強力收縮，逼使血液獲得足夠的能量，流貫全身。」

「老大，如果血液在那裡……速度最快的話，那不就表示……」阿猊喃喃自語。

「沒錯，」阿努比斯那面對巨大挑戰，不怒反笑的興奮心情又出現了。「那個地方，肯定是全身血液最湍急、最險惡，也最不穩定的地方，它就像是海洋中的惡夢百慕達三角洲。」

「哇。」阿猊遲疑，「那老大，我們還要進去嗎？」

「當然。」阿努比斯昂起身子，霸氣再度顯露。「因為貔貅，肯定在那裡。」

「啊，為什麼老大你會這麼肯定？」

「因為如果是我，」阿努比斯迎著風，微笑。「我也會選擇在這麼一個地方，痛宰我的敵人啊。」

陽明山，森林。

三腳蟾蜍已死，白骨精化成粉末，如今，卻還有一隻黑榜妖怪遲遲未現身，這最後一隻妖怪，更是從地獄列車事件以來，一直以其邪惡的手段主導戰局的惡魔小丑。

鬼牌。

眼鏡猴，以及三位天王，正屏息以待。

森林中，沒有動靜。

直到……

「有人！」鬣狗鼻頭一動，指著一株樹葉扶疏的大樹，「那裡有人！」

「給我出來！」刺蝟女率身上前，身體一抖，無數的針，就這樣噴射而出。

細針如雨，達達達達達，全數射中了那株大樹，像這種無差別式的攻擊，根本沒有任何躲藏的空間。

只見樹林後面，搖搖晃晃的，出現了一個人。

不過，那個人卻不是眼鏡猴戒慎恐懼的鬼牌，而是一個他們熟悉而痛恨的人，馬副團長。

此刻的他，身上前前後後被插了上千根針，雙手舞動，顯然受了重傷。

「姓馬的，」眼鏡猴一手拉住馬副團長的胸口，冷冷的說，「我問你一件事，團長究竟在哪裡？」

「喝，喝，喝。」馬副團長張著嘴巴，舌頭上，竟然有著一根泛著銀光的長針。

「讓我來，取下這針，他就可以說話了。」刺蝟女閃身到馬副團長的前面，手掌翻出一塊黑色磁鐵，就要吸起那舌頭上的長針。

只是，當刺蝟女的手伸入了馬副團長的嘴巴，這一秒，眼鏡猴忽然像是發現什麼似的，他猛力拉住刺蝟女。

「不可，小心啊！」

「啊？」刺蝟女一愣，忽然，她看見了豔紅的舌頭上，除了長針外，多了一個怪東西。

那是一張牌。

一張畫著跳舞小丑的撲克牌。

「走。」眼鏡猴一吼，用力推開刺蝟女，而他只覺得手臂一痛。

鬼牌，已經從馬湧呈的嘴巴，射了出來。

直直的，穿過了眼鏡猴的手臂。

手臂，就這樣脫離了眼鏡猴的手，落在地上。

「所有人，小心！」眼鏡猴痛到蹲下，急忙回頭警告夥伴，但是鬼牌如同漫天飛舞的利刃。

不一會，就是滿地斐尼斯團的戰士被割斷咽喉，倒下，就連團團和鬣狗都無法抵擋，只能四處流竄。

而被眼鏡猴所救的刺蝟女坐在地上，為眼前這張兇狠的鬼牌給深深的震懾著，從化成巨妖的三腳蟾蜍，到以兩百零六根骨頭為武器的白骨精，到現在這張只有薄薄一張紙的鬼牌。

這些人，究竟是哪裡來的啊？
為什麼這麼強，又強得如此詭異……好像，真的好像斐尼斯霸王與眼鏡猴啊。
面對這樣的怪物，他們這些人類玩家，還有生存的餘地嗎？
然後，刺蝟女忽然發現，那把絕世妖兵，不知道何時，竟插在自己的身旁。
「嘿，那個滿身都是刺的小女生啊。」村正的刀鋒正在鳴動。「妳感到遺憾，想救妳的朋友嗎？」
「啊？救……朋友？」刺蝟女困惑的看著身邊這把刀。
這刀的形態，看起來好美。
銀亮的刀面宛如夜晚的星空，而劃過其中的刀脊則像是一弧初升的冷月。
這樣的刀，如果揮舞起來，會是什麼樣的感覺呢？
「只要握住我喔。」村正的聲音，帶著幾絲詭異的誘惑。「我會讓妳的力量瞬間爆發，我會讓妳得償所願……只要妳，握住我。」
「握……握住你？」
「我會給妳力量。」村正的聲音陡然降低，宛如耳邊細語。「只要妳付出一點點生命力。」
「生命力？」刺蝟女的五根指頭帶著抖動，慢慢的環住了刀柄。
「別怕，不會很多。」村正的刀面，流轉過一絲詭異的紅色。「握住我吧。」

「好。」刺蝟女的手，微微用力，握緊了。

深深的握緊了。

然後，刺蝟女的腦門，只覺得一陣怪異而強大的力量直灌而入，就像是被錢塘江翻湧而來的巨浪整個吞沒。

她在失去意識前的最後一刻，她只聽到身邊眼鏡猴帶著著急和憤怒的表情，「不可以握住，那是村正！那是會吸乾人的力量，化為己用的邪惡妖刀啊！」

還有，村正透過她的嘴巴，發出狂妄的笑聲。

「哈哈哈哈，我等這一刻很久了，我終於可以短暫脫離了阿努比斯的控制。」村正發出尖銳的刀鳴，「放心，我會實現妳的願望，把這張鬼牌，完全的驅逐！」

約翰走路，人體內。

血液如滔滔江水，從左心房流到了左心室。

而當阿努比斯等人進入了左心室，立刻被眼前的畫面給深深震懾。

好壯觀啊。

宛如人體內的尼加拉大瀑布，原本平靜的流動的紅血球大江，在這裡，千軍萬馬的紅血球被強而有力的心肌擠壓，宛如聲勢駭人的紅色瀑布，每擠壓一次，無數的紅血球就以驚人的速度往前暴衝。

每一下肌肉鼓動，都讓紅血球獲得流過全身的力量。

「好厲害。」柴犬吐出了舌頭。「這裡好壯觀。」

「出現了。」阿努比斯的左手冒起火焰，正是召喚阿猊的證明。「貔貅。」

「啊？」柴犬轉頭。

果然，在這一大片湍急的紅血球瀑布的頂端，站著剛才出現過的那隻怪物。

頭上掛著兩隻腳，似狐狸又似龍，一個肚子高高鼓起，看起來雖是敵人，卻有著幾分可愛。

「嘎。」貔貅的大嘴巴慢慢的張開，然後，點點的白色發亮的物體，射了出來。

這白色透明物體，宛如一顆石頭，帶著銳利的邊角，映著華麗的冷光，以極快的速度，攻向阿努比斯等人。

阿努比斯右手出現一把手槍，手一揮，一發子彈頓時擊中這奇怪的白色石頭。

錚。

子彈彈開。

「這石頭不但硬，而且表面的六面體還能卸盡任何的攻擊，這究竟是……」阿努比斯皺眉。「鑽石？」

「貔貅不愧是招財獸，從剛才的黃金到現在的鑽石，用的武器都好豪華。」阿猊開口。

「怎麼辦？老大。」

「逃。」阿努比斯右手抓起了柴犬，往上用力一跳。

地面上，撲撲撲的數聲低沉的聲響過去，鑽石，就這樣射入阿努比斯背後的心肌之中。

而這些鑽石雖然對左心室來講，相當微小，仍引得心室的肌肉收縮頻率混亂了起來，但隨即又恢復了正常。

「躲掉了。」阿猊看著阿努比斯。「嘿，我說老九貔貅雖然在九龍中，被列為第四危險，但看起來也還好嘛。」

「不。」阿努比斯落到了心室的另一塊肌肉上，他看著貔貅，深深鎖眉。「不只如此。」

因為，遠處的貔貅的嘴慢慢闔上，帶點可愛野獸的臉上，嘴邊慢慢揚起，裂出了一個詭異的弧形。

那是笑，那是貔貅的笑。

「牠又笑了？」柴犬的尾巴不能控制的往自己的雙腿部分夾緊。

「真麻煩。」阿努比斯慢慢的仰起頭，環顧四周，眉頭深深的鎖緊。「因為牠的目的，事實上，是他們。」

他們？

所有的人都跟著抬起了頭。

只見，原本一片空蕩的左心室天空，竟在那鑽石打入肌肉後，發生了巨變。

天空，密密麻麻的，出現了灰色的圓球。

或者說，是長著一根巨大砲管的圓球。

「這圓球比殺手T細胞要大很多，尤其它們中間的那尊砲管。」柴犬聽到自己的聲音在發抖。「夜王老大，這是什麼？」

「這是陷阱。」阿努比斯冰冷的語氣中帶著一點憤怒。「這是陷阱，它們是B細胞啊！」

它們是，人體最可怕的重砲部隊啊。

只見黑暗的天空中，成千上萬的圓球滴溜溜的轉動，砲管都朝向了阿努比斯。

「貔貅已經露面。」阿努比斯右手一甩，一把重型機關槍悍然成形。「B細胞也已經出現，這一場仗，看樣子，就是獵捕貔貅的終點了。」

陽明山，森林。

刺蝟女手上握著刀，她只覺得渾身的力量都被刀子給吸走，那是一種怪異的感覺，彷彿自己強到天下無敵，又彷彿自己即將死亡。

「鬼牌這傢伙，是相當靈活的對手。」村正的刀身鳴動，「要對付它，得用非常手段。」

說完，刺蝟女感覺到自己雙手握住了刀柄，然後狠狠地往地上一刺。

這一刺，地面上微微隆起一股紅光，紅光宛如水面漣漪，朝四面八方擴散了出去。

這紅色刀光凜冽而恐怖，沿途所經見樹破樹，見石斬石，甚至斷了不少夥伴戰士的手腳，朝著鬼牌直直而去。

只是刺蝟女的額頭不斷冒出熱汗，嘴唇發白，轉眼間，就要被村正吸乾靈力。

而就在刺蝟女快要耗盡的同時，紅色刀氣的前進速度也開始降緩下來。

「刺女孩，撐著點。」村正畢竟也是黑榜妖怪之一，邪氣十足。「妳的一命，可以換夥伴的性命，咯咯，就讓我吸乾妳的靈力吧。」

刺蝟女渾身發抖，隨著村正毫不留情的搾乾，地面上帶著破壞性的紅光刀氣，再度緩緩前進，一點一滴的逼近鬼牌。

鬼牌還在飛舞，四處割下敵人的首級。

它忘情的享受著殺戮。

「把妳的生命力，全部捐出來吧！」村正冷笑，紅色刀光再度推進，只是越推越慢，因為刺蝟女已經燈盡油枯。

任何一秒，她都將化成一堆道具，正式退出這個遊戲。

她在現實世界是一名大醫院的護士，表現良好，做事沉穩而精準，她的外表和優良表現，甚至吸引了醫生來追求她。

但，她唯一的錯事，就是愛上了那名高帥斯文的醫生，而那醫生則已經有了完整的家庭。

於是，她在那個決定放棄一切的晚上，打開電腦，連上遊戲，她不知道為什麼會打開這遊戲，她甚至不確定這遊戲什麼時候出現在她的電腦裡。

她只記得，當她醒來，自己就已經躺在那白色的門前方，一個類似管理員的人，遞給了她一把鑰匙，問她，「妳的夙願是什麼？」

「我……」刺蝟女閉上眼睛，想起了醫院中那醫生帥氣的微笑以及玩弄她感情的冷漠。她苦笑。「愛情，我要一個小小的、溫暖的，像是在冬陽照耀下的小小向日葵。」

「很好，我們接受妳的願望。」管理者微笑。「歡迎加入地獄遊戲。」

於是，她成為了一個困在地獄遊戲裡面的現實玩家，她遇到了許多人，經歷了許多事，等級不斷提高，最後，她進入了斐尼斯軍團，成為四大天王之一。

她時常在想，這遊戲到底是什麼？

為什麼能夠摻雜真實與虛幻，每個角色中有的和她一樣來自現實，有的卻又怪異得像是來自神魔世界，只是她也慢慢的習慣，成為其中的一員，也慢慢的習慣不再努力的去找回家的路。

因為，夢幻之島澎湖，畢竟太遙遠，也太困難了。

這一切漠然，都在她遇到了那個男人，而發生了改變。

那個男人，就是眼鏡猴。

一個很痞，很宅，外表不怎麼樣，個性也不怎麼樣，但是卻慢慢一點點吸引她目光的男人，甚至願意為自己犧牲一隻手的男人。

想到這裡，刺蝟女感到從體內最深處湧來的虛脫，她知道自己快死了，沒有完成願望的她，不知道死後能不能離開這遊戲呢？

也許，這就是她的命，終究只能孤單一輩子的命吧。

她的手，終於，慢慢的鬆開了刀柄。

最後的生命力，已經即將耗盡。

紅色刀光，也在此刻，停止了。

「真不堪用。」村正嘆氣。「還是得妖魔級的人物，有比較豐沛的靈力，讓我吸取啊。」

「結束了，我的遊戲。」刺蝟女閉上眼睛，任憑身體緩緩往後倒下。「像是冬陽照耀下小小向日葵的愛情，終究只是夢而已啊。」

終究只是夢而已啊。

只是，刺蝟女卻發現，自己竟然沒有倒下。

因為她的背後，多了一堵牆，那是溫暖有血肉的牆壁。

而她的手，更被另外一隻大手包住，一起扶住了刀柄。

「刺蝟女啊，我一直覺得，只要是護士，就一定很正。」刺蝟女的背後，那個熟悉的宅男聲音。「等到我們搞定這張鬼牌，妳一定要穿一次護士服給我看喔。」

說完，刺蝟女覺得手一緊。

她的手，和背後宅男的手，一同緊握住了刀柄。

紅色刀光，瞬間開始暴漲。

以村正和刺蝟女為中心，如同海嘯般，往四面八方暴漲而去，一路土石紛飛，大樹被削成寸斷，帶著驚天動地的狂暴速度朝鬼牌衝去。

而且，紅色刀光甚至巧妙的閃過那些斐尼斯戰士，在不傷及任何人的情況下，直殺向鬼牌。

「你是誰?或者說，你原本是誰？」村正的刀身，正因為承受大量的靈力，狂亂的顫抖。「你不該是台灣獵鬼小組?你為什麼要藏在台灣？」

村正顫抖間，紅色刀光已經殺到了鬼牌的面前。

「什麼？」鬼牌一驚回頭，連反應的速度都沒有，就被激湧而來的紅光吞噬。

一點渣，都沒有剩下。

一點，都沒有。

都沒有了。

「記住，刺蝟女。」眼鏡猴隨著刺蝟女一同倒下，「妳欠我，一次的護士服……」

陽明山，森林中。

村正依然挺立，只是刀身緩緩晃動。

「不愧是阿努比斯老大最討厭的怪物，鬼牌啊。」村正喃喃自語，「這麼強的刀氣之下，還是被它溜掉了。」

「而且，怎麼回事呢？阿努比斯老大。」村正的刀鋒流轉過一絲稜光。「鬼牌逃走時候所用的力量，和你有點像啊，咯咯。」

「咯咯。看樣子，我也許是整個地獄遊戲中，知道最多祕密的妖怪了。」村正咯咯的笑著。「不當人，而當一把刀，就是有這樣的好處啊。」

第三章《生門召集令》

新竹，城隍廟前。

孔雀王與狼人T詫異的看著眼前這名清秀女子。「你要找少年H？為什麼？」

「我剛說過，是受蒼蠅王委託的。」鍾小妹輕巧的將小毛筆收入懷中。「蒼蠅王有事要和少年H說。」

「喔？」狼人T和孔雀王互望了一眼。

蒼蠅王在地獄政府的地位，可以說是無人不知無人不曉，端正不阿，整肅弊端，推動地獄一、二層的經濟起飛，最近百年，更成為地獄政府接班人呼聲最高的人選。

而且，全世界各地的獵鬼小組正是直屬蒼蠅王管轄，其權力和力量，可想而知。

只是，為什麼蒼蠅王要派人來地獄政府和少年H傳話？

「是什麼事啊？」狼人T忍不住問。

「抱歉，我不能說。」鍾小妹搖了搖頭，「蒼蠅王有交代，非得見到少年H才能說。」

「嗯。」狼人T點頭。「既然妳是鍾馗之妹，又是蒼蠅王派來的，我想應該沒問題，我帶妳去找他吧。」

「謝。」鍾小妹雙手抱拳，微微鞠躬。

只是，就在這個時候，狼人T的腰際，傳來「嗶嗶」兩聲。

「簡訊？」狼人T順手從腰際拔出手機，「咦？是H小子寄來的。」

「上面寫什麼？」

只見狼人T的眼睛突然亮起。「這是……曼哈頓獵鬼小組的召集令啊！」

新竹東方，一個名叫北埔的小鎮。

這裡有著純正的客家文化，人們勤奮工作，倚山維生，而廟口的一家小店裡中，人群熙攘熱鬧，唯獨一個金髮的美麗女人坐在角落，閉著眼睛養神。

她會閉目養神，並不是因為疲倦，而是為了等待。

等待窗外那逐漸西斜的太陽。

只要太陽一下山，就是她威震地獄遊戲的時刻。

只是現在的她，仍必須閉目等待。

她，是吸血鬼女。

曼哈頓獵鬼小組中，擁有最完美紀錄的頂級高手，她心思縝密，手段俐落，生平罕逢對手。

「女士，不好意思，店裡沒位子了，這位客人可以和妳擠一擠嗎？」小店店員的聲音在她耳邊響起。

「嗯。」吸血鬼女的眼睛微微睜開，她看見了一個十幾歲的平凡女孩，於是吸血鬼女輕輕頷首。「坐吧……」

擁有野獸的嗅覺，吸血鬼超卓的靈覺，就算她不用睜開眼睛，也能判斷整間店每個人的狀態。

哪些人憤怒，哪些人衝動，哪些人開心快樂，而那些人悲傷，這些平凡人的蛛絲馬跡，都逃不過吸血鬼女的靈覺。

「客人，那妳先坐，」店員把一大盆陶瓷作成的缽放到了桌上。「這是本店的招牌，擂茶。」

「擂茶？」那女孩問。「那是什麼啊？」

「所謂的擂茶，由字面上看，就是自己擂的茶，有點像是日本的抹茶，透過研磨的過程，製造成茶粉，加入熱水，風味獨具，堪稱北埔一絕，甚至是新竹絕品，您喝喝看。」

「嗯。」

「客人，那我先去忙了，有什麼需要的，再跟我說。」

「嗯。」

吸血鬼女的眼睛仍閉著，她慢慢將自己的心靈推到了一個極致寧靜的地方，對她來說，只有這樣的休憩，才能讓她在戰鬥的時候全心釋放自己。

此刻，她想起了自己還在曼哈頓的小養女，她是吸血鬼女見過最獨立聰明的小孩，如今，她還好嗎？

雖然獵鬼小組的上司「蒼蠅王」答應暗中保護這女孩，以及吸血鬼女的好友蜘蛛人也在看照著她，吸血鬼女仍難免掛心。

畢竟，是她心上最重視的一塊肉啊。

吸血鬼女還在閉目。

她耳中聽到了對面客人開始擂茶的聲音，陶瓷作成的杵，搗在缽裡的茶粉上，發出低沉的敲打聲。

篤，篤，篤。

吸血鬼女又想到了剛剛苦戰擊敗的「典韋」，據說他是三國英豪中排行前十的猛將，一身豪膽，今日一見果然不同凡響，若不是剛才受傷太重，吸血鬼女也不用藏身在這裡等待身體復原。

篤，篤，篤。

對面的桌子，擂茶的聲音依舊規律，而且，一股清新的茶香，也隨著每一下搗落，傳了出來。

吸血鬼女仍閉著眼睛，聽著擂茶低沉的響音，能讓她感受到一陣平靜，尤其是此店附近沒有任何能讓她驚覺的殺氣，更讓她安心。

然後，吸血鬼女忍不住想起了自己的舅舅，以及那場吸血鬼E族屠殺B族的可怕戰役。

當年，那場戰役的尾聲，是躲在衣櫃裡面的幼年吸血鬼女，看著舅舅雙手慢慢的關上衣櫃門，那細縫中，舅舅的微笑。

那是多麼堅毅的微笑啊。

為了保護小女孩，就算一死，也毫無所懼的微笑。

篤，篤，篤。

對面擂茶的聲音終於停住了，取而代之的，是將熱水淋在茶粉上的水聲。

嘩啦啦。

這一沖泡，簡直將所有的茶香都逼了出來，茶香飄滿了整間小店，這麼濃的茶香，吸血鬼女甚至從未聞過。

「舅舅啊。」吸血鬼女就算閉著眼睛，也可以感覺到自己眼眶的潮熱。「我答應你，我一定會找到那個可惡的兇手，血腥瑪麗。」

血腥瑪麗，妳等著我，終有一天，我會讓妳付出代價的！

「茶好了，要一起喝嗎？」這時，吸血鬼女聽到了對面的女孩，用她可愛的聲音說話了。

吸血鬼女沒有說話，只是沉靜的搖頭。

「喝一點嘛。」那稚嫩的女孩聲音，一瞬間竟然低沉而陰森起來。「那個舅舅的希望，吸血鬼女。」

吸血鬼女？

這一剎那，吸血鬼女的眼睛陡然睜開。

她的眼前，這個外表平凡的女孩，雙眸中，卻是上千年的老練與陰沉。

「啊！妳……」吸血鬼女的手，微微顫抖。

「妳太粗心了喔。」女孩笑，這一笑，密密麻麻的深刻皺紋，如同毒蛇般，爬滿了她青春的臉龐。「我以為那個舅舅教過妳，別相信自己的眼睛和感覺，尤其是，當妳的對手是千年大吸血鬼的時候。」

「千年大吸血鬼？妳是……血……腥……」吸血鬼女的背脊全都是冷汗，雙拳緊握，所有的靈力都在聚集。「瑪……麗……」

「是啊。要喝嗎？」這女孩雙手捧起了熱騰騰的擂茶，歪著頭，可愛的詢問。「這杯擂茶，我想，這就是妳人生最後一杯茶了喔。」

桌子翻起。

凳子飛起。

滿天都是白亮亮的筷子與碗盤。

然後，在這些飛舞的物體中，一個金髮人影，優雅穿梭其中。

吸血鬼之拳，吸血鬼女的拳頭揮出，極速的拳頭，甚至在空氣中炸出一個又一個音爆之牆。

所謂音爆之牆，是當物體瞬間從低速逼升到高速，突破音速的瞬間，所形成的一股如同牆壁的透明障礙。

同時，這也是超音速飛機的物理極限。

如今，卻在吸血鬼女的拳頭上，出現了這如同超音速飛機的猛拳。

「速度，六十分，勉強及格。」血腥瑪麗，在滿天飛舞的桌椅與碗盤之間，她雙手依然穩穩的捧著那杯擂茶。「對吸血鬼做評分，是德古拉老師的最愛，記得嗎？」

血腥瑪麗在笑，她還在笑。

「可惡！」吸血鬼女的拳頭瞬間已經抵達了女孩的面前。「給我爆破吧妳的腦袋！」

「是嗎？」血腥瑪麗沒有閃躲，一點閃躲動作都沒有，砰一聲，任憑拳頭擊中了她的臉。

卡卡卡，幾聲清脆的骨頭粉碎聲，貫穿了小店的天花板。

「力量，六十五分，稍微好一點。」血腥瑪麗的微笑表情沒有任何變化。

反而是吸血鬼女的表情驟然扭曲，因為她的拳骨，碎了。

以拳碰臉，碎的竟然是自己的拳頭。

可見，血腥瑪麗護住面容的靈力，是多麼精純而強大。

「厲害。」吸血鬼女吸了一口氣，拳頭微微一縮，然後白光一閃，五指張開，剎那間，化拳為爪。

既然硬力撞不破，那就用鋒利之爪割吧。

這一秒，血腥瑪麗的臉，完全暴露在吸血鬼女的五爪之下，五指宛如一道從天而降的烏雲，蓋住了血腥瑪麗的臉。

「先讓拳頭深入敵境，然後化拳為爪。」血腥瑪麗的臉，完全籠罩在五爪的陰影下，隨時都是毀容破頭之災，她卻依然冷靜。「戰術部分不錯，給妳七十分吧，只是……」

血腥瑪麗笑了。

陰森的笑了。

「妳知道嗎？在德古拉老師的歷年學生裡面。」血腥瑪麗的嘴巴張開，裡頭的鮮紅的舌頭吐出。「我可是有史以來的最高分。」

說完吸血鬼女突然覺得手掌一痛。

然後，她赫然發現，她的五根爪子，竟然不能動了。

宛如被電流擊中了神經，痛覺從手掌直貫穿到手腕，讓她瞬間麻痹。

剛才的一痛，究竟是怎麼回事？

「妳舅舅沒告訴過妳嗎？」血腥瑪麗眼睛瞇起，舌頭舔了一下嘴唇，竟是一抹鮮血。「吸血鬼的全身上下，包括舌頭，都是致命武器嗎？」

吸血鬼女倉皇後退，她的手掌滿是鮮血，如果血腥瑪麗當真是用舌頭，就破了自己的爪子。

那她的等級，恐怕高得超乎想像。

「還有嗎？沒有了，就換我出手了喔。」血腥瑪麗啜了一口擂茶，微笑。「以血配茶，當真美味啊。」

「不行。」吸血鬼女後退了幾步，她端詳了周圍，小店中所有的人都已經逃走。「看到這女人，我就失去了冷靜，血腥瑪麗可是擊敗舅舅的女人，更是吸血族僅次於德古拉的最強者，我需要冷靜。」

冷靜。

這份冷靜，是吸血鬼女締造完美獵鬼紀錄的關鍵。

只要找回冷靜，吸血鬼女知道，她才有機會和對方一戰。

「呼吸減慢了啊，不錯，看樣子找回一點冷靜囉。」血腥瑪麗雙手依然捧著茶。「還有沒有啊？我已經好幾百年沒看到值得一殺的吸血鬼了，我很期待啊。」

「出手。」吸血鬼女再度動了，她的拳頭化成銳利閃光，再度發動。

「同樣的招數……咦？」血腥瑪麗的表情微微變了。

因為血腥瑪麗才以左拳格住這拳頭，吸血鬼女的左腳已經展現極度驚人的柔軟度，從血腥瑪麗的後腦掃來。

「兩段式攻擊啊。」血腥瑪麗豈是省油的燈，右手張開，輕鬆架開吸血鬼女的左腳。碎。

這聲強猛且低沉的肌肉碰撞聲，才剛剛過去。

血腥瑪麗感到眼前一片黑影襲來，黑影帶著兩道銳利絕倫的牙光，直插向血腥瑪麗的脖子。

「牙齒，所以是三段囉。」血腥瑪麗的表情首度出現凝重，她雙手都被吸血鬼女限制，唯一可反擊的，就是自己的牙齒了。

要知道，吸血鬼的牙齒，是千年靈力淬鍊的精華。

那絕對不是依靠肌肉或是靈力聚集就足以防禦的，要抵擋吸血鬼牙齒，唯一的辦法，就是另一對吸血鬼牙齒。

「好傢伙，想和我比牙啊。咯咯。」血腥瑪麗冷笑。

只見吸血鬼女的嘴巴大張，裡面兩隻森白的五公分長牙，透露出她這數百年苦練的成果。

足足有五公分長，完美無瑕的弧度，銳利到極致的牙尖，純淨的白色象徵著純然的暴力。

無疑的，這是數一數二的吸血鬼大妖的牙齒。

可是，當血腥瑪麗發出怒吼，張開了嘴。

這一秒鐘，吸血鬼女的牙，就此遜色。

因為在瑪麗的上顎那兩根白牙，是足以凌駕吸血鬼女的，真正怪物。怪物。

兩根十公分的長牙，發出森然的藍光，弧度不僅完美，尖端更勾起。好刁鑽的角度，好恐怖的牙。

這豈止是吸血鬼大妖而已？這已經是吸血鬼帝王的等級。

「可惡，吼嗚。」彼強此弱之下，吸血鬼女自知不如，緊急低下頭，免得自己的牙齒被這怪物之牙給徹底粉碎。

「想和我比牙齒？」血腥瑪麗冷笑。「不自量力，不過妳的三段式攻擊相當的漂亮，難怪這些年妳闖出了響亮的名號。」

「是嗎？」吸血鬼女低著頭，嘴角一抹冷笑劃過。「真的，只有三段嗎？」

「什麼？」

這一秒，血腥瑪麗的眼前，黑了。

真真正正的黑了。

因為，一個超乎想像的角度，忽然出現了一大片黑色，邊緣銳利如刀的黑色。

黑色速度如電，直掃血腥瑪麗的頭顱，只要讓黑色劃過，無疑的，血腥瑪麗這惡名昭彰的頭顱，將會只剩下一半。

「黑色的，是翅膀？」血腥瑪麗忽然醒覺，咧嘴笑了。「漂亮，這招漂亮啊！」

「我舅舅沒告訴過妳嗎？」吸血鬼女眼睛綻放冷光，「吸血鬼的全身上下，包括翅膀，都是致命武器嗎？」

剎那間，這大片黑色，穿過了血腥瑪麗的臉，把這縱橫地獄與人間女惡魔的臉，硬是劃成了兩半。

要害被削成兩半，強如血腥瑪麗，也要宣告死亡了。

「結束。」吸血鬼女長長吐出了一口氣。「舅舅謝謝你，要不是你的關係，我不會特別鍛鍊最弱的翅膀，它更不會成為最有力的暗殺武器。」

只是，當吸血鬼女轉身要走的時候。

她卻莫名的，感到一陣涼。

這涼，來自她的背部，而且有份熟悉感。

當年，在地獄列車上，當吸血鬼女以十字架插入德古拉心臟的時候，她自以為逆轉勝的時候，是不是也曾有這樣的感覺？

所以……

這秒鐘，吸血鬼女明白了，她猛一回頭。

「那個男人的希望啊。」眼前，那個名叫血腥瑪麗的女人，伸出纖纖右手食指，在空中劃了一個十字。「嚐嚐我最愛的一招，上帝的血腥十字架。」

下一秒，一個偌大的十字，從吸血鬼女的胸口爆開，鮮血如噴泉般灑了出去。

「吼！」吸血鬼女怒吼，雙腿一蹬，不斷急退，急退……因為她知道，只要她往後退一步，就能抵消一分來自『血腥十字架』的衝擊力。

終於，她的腳步停了。

而她的胸口鮮血，卻已經染紅了她的上衣。

「很厲害喔。」血腥瑪麗踱著輕巧可愛的步伐，朝著吸血鬼女靠近。「妳剛剛躲得真好，差點就要被我殺掉了呢。」

「呼呼，呼呼呼……」吸血鬼女不斷的喘氣，她瞪著血腥瑪麗，她的翅膀為什麼沒有用？

「妳在想，銳利無比的翅膀，為什麼沒傷害到我，對吧？」血腥瑪麗瞇起了眼睛，抬頭挺胸，右手慢慢的舉高，朝著天空。

然後，唰的一聲，血腥瑪麗纖細的背部，倏然伸出兩道巨大無比，佈滿戰鬥傷痕的黑色翅膀。

她的翅膀比吸血鬼女大了整整一倍，而且更有威勢，更加的千錘百鍊。

而血腥瑪麗單手朝天的姿態，更像極了天使，而且還是一隻擁有黑色翅膀的墮落天使。

「妳以為，鍛鍊翅膀這件事，只有妳知道嗎？」血腥瑪麗一笑，右邊的翅膀，如同一道黑色疾風，朝著吸血鬼女急速射了過來。

吼！

吸血鬼女的左手，爆出一條深可見骨的血紋。

吸血鬼女失去重心，踉蹌的退了幾步。

「記住，這招叫做血腥天使的展翅。」血腥瑪麗笑，左邊翅膀，在下一秒，也飆了出去。

噗。

翅膀一飆即收，然後，地面只剩下單膝跪地的吸血鬼女，血，彷彿不用錢似的，從膝蓋中不斷湧出。

要不是吸血鬼女擁有極傲人的復原能力，早就成為一具冷屍了。

「我必須承認。」血腥瑪麗慢慢走到了吸血鬼女的面前，伸出手，按住了吸血鬼女的臉。「妳的戰鬥能力也許已經超過妳舅舅，但是，妳還是不如他。」

「不如……舅舅……」

「懂嗎？他勝過妳的東西，並不是強而已。」血腥瑪麗的手瞬間抬起，然後朝吸血鬼女的頭頂狠狠地往下拍去。

只要這一手落下，無論吸血鬼女擁有多驚人的復原力，臉孔立即粉碎，大羅神仙也救不活了。

「可惡。」吸血鬼女在這一秒，感到眼眶濕了。

血腥瑪麗，當真這麼強嗎？

強到自己毫無辦法嗎？

從吸血鬼的牙，到吸血鬼的翅膀，吸血鬼女所有用來擊敗群妖的得意武器，全部在這女人面前完全失效。

因為這女人，更強，更精粹，擁有更多血戰的戰鬥經驗。

所以，她輸了嗎？

漫長的報仇旅程，就要在這裡劃上句點了嗎？

可是，就在這個時候——

嗶嗶！

咦？

所有人的動作，都被這突如其來不協調的機械聲音給打斷。

「簡訊？」血腥瑪麗手停了，然後微笑。「妳有簡訊。」

「是啊。」吸血鬼女的眼睛陡然睜開。「而妳的動作，停了。」

就在這短暫的停滯，吸血鬼女的雙手同時伸起，握住了血腥瑪麗那隻蓋在自己臉上的手。

「特殊能力！」吸血鬼女怒吼。「看我的特殊能力！」

「哦？」血腥瑪麗微微詫異，因為她看見了自己的手，竟然在吸血鬼女的雙掌間，慢慢的透明起來。「這是什麼？」

「這是我和舅舅的約定喔。」吸血鬼女的雙手，竟也跟著一起透明起來，彷彿只要輕輕一碰，就會粉碎。

「約定？」

「我們約定，要一起撫摸陽光啊。」吸血鬼女笑了，義無反顧的笑了。

然後，透明開始蔓延，從血腥瑪麗的手掌，不斷往上爬去，穿過了手腕，穿過了下臂，轉眼就要到了上臂。

而吸血鬼女的上半身，則都一同陷入了透明之中。

她想要，同歸於盡？

「什麼！！是陽光！」血腥瑪麗發出尖叫，同時間，她的嘴巴張開，一股黑色的能量，急速噴了出來。

這股黑色能量好強！

吸血鬼女只覺得自己宛如墜入深海中，直接撞擊狂暴的海流，整個人被轟離了地面。離開了血腥瑪麗，撞破了小店，宛如風箏般，被黑色能量直直的往後轟去。

然後，飄飄墜地。

吸血鬼女躺在地上，不斷喘著氣，她的身體，被剛才莫名的黑色能量給弄到傷痕累累。

她苦笑，慢慢的從口袋中，掏出那個已經半殘破的手機，打開簡訊。

這秒鐘，她的表情從懊悔到驚訝，然後放鬆的笑了。

因為，這是少年H寄來的。

「曼哈頓獵鬼小組啊。」吸血鬼女慢慢起身，啪的一聲，她打開了被黑色能量腐蝕出一個又一個洞的翅膀。

「沒想到過了這麼久，還能收到這麼令人熟悉的東西呢。」吸血鬼女表情雖然疲倦，但笑容卻是真誠而開心的，「只要回到曼哈頓獵鬼小組的團隊，就算是血腥瑪麗，也沒什麼好怕的吧。」

就算是血腥瑪麗，也沒什麼好怕的吧。

說完，吸血鬼女翅膀一振，一陣劇痛下，她飛上了天空。

吸血鬼女的手機上，短短的幾行字，是這樣寫的：

『曼哈頓獵鬼小組

生門開，新竹師院

曼哈頓獵鬼小組，代號〇四一六，緊急集合。

永遠的五號，H。』

北埔小店中。

剛才那個大發神威的血腥瑪麗，在斷瓦中找了一張板凳，坐了下來。

她收起了那對巨大的翅膀，回復了小女孩姿態，蹺著腳，看著遠方的天空，欣賞著吸血鬼女飛離的背影。

「欸，那個人啊。」突然，她開口了。「躲了那麼久，總該出來打聲招呼吧。」

「哈哈。」磚瓦堆中，一個男人的笑聲，傳了出來。「被發現啦。」

「都幾千歲的人了。」血腥瑪麗瞪了男人一眼，眼神中卻無半點敵意。「還學人家躲貓貓，也不害羞。」

「怎麼這麼說呢?看到自己最得意的兩個學生打架，我可是很心痛的。」男人聳肩，他的外表約莫四、五十歲，上唇有著短鬚，帥氣而高雅，宛如古老歐洲的伯爵。

「哼。」血腥瑪麗哼了一聲。「我看你是很開心吧，列車上被你吻過的女孩，已經成長到這樣了。」

「是啊，她算是少見的天才。」男人看著遠方，聲音低沉起來。「不過，倒是妳滿讓我訝異的。」

「怎麼說？」

「整場戰鬥，妳有五十三次機會可以將她一擊必殺，九十一次可以讓她終生殘廢，但是，妳卻一次都沒有下重手。」男人深邃而智慧的眼神，看著眼前蹺著腿的吸血鬼女王，血腥瑪麗。「這是為什麼？」

「這是承諾，和一個笨蛋的承諾。」血腥瑪麗說到這裡，原本兇狠的氣勢，忽然溫柔起來。「我會饒她三次，因為我曾經遇過一個笨蛋，他眼中的『希望』讓我想要相信看看。」

男人注視著血腥瑪麗，許久許久，忽然他笑了。

「那笨蛋一定是個男生，對吧？」

「哈哈。」血腥瑪麗突然起身，用力伸了一下懶腰。「這問題我們就別討論了吧。」

「原來，吸血鬼界第一女王也會害羞啊？」男人興趣盎然的看著血腥瑪麗。

「當然，正所謂有其師必有其徒。」血腥瑪麗回敬一個微笑。「我老師還會偷偷躲著看學生打架，對吧，親愛的……德古拉老師。」

清華大學，新齋之上。

一個外表邋遢，穿著T恤拖鞋的男孩，正坐在屋頂邊緣，他單腳懸在樓外，另一腳膝蓋彎曲，非常輕鬆隨意的坐法。

「欸，九尾狐。」男孩的一雙眼睛，能看透整個新竹大勢的發展。「開始移動了。」

「什麼開始移動了？蚩尤。」他身後有著一張舒服的涼椅，涼椅上頭有著張大洋傘，傘下，是一名單眼皮，帶著中國風的美豔女子。

她正愜意的喝著飲料，享受著此刻逐漸入夜的夕陽。

「所有的人啊。」男孩眼神中閃爍著興奮的光芒。「所有的人，都往同一個方向移動了。」

「哦？」

「我想，」男孩起身，拍了拍屁股的灰塵。「我們也該動身了。」

「哦？想去湊熱鬧？」九尾狐慵懶的笑。

「當然，曼哈頓獵鬼小組和黑榜曹操的對決勒，最強獵人遇到最強獵物，我們怎麼可以錯過這最精采的戲碼呢。」

「好啊，走啊。」九尾狐正要起身，忽然，她皺起眉頭，愣愣的看著自己手上的飲料。當她移動，照理說，飲料水面應該劇烈搖晃才對，此刻，卻像是果凍似的，緩慢的移動著。

「欸。」九尾狐嘴唇略微發白。「蚩尤，看樣子，你有訪客了。」

「是啊。」土地公雙手扠腰，看著新齋的樓底，那條又陡又峭，折磨新生腳力不償命的坡道。

一個人，正緩步的沿著山坡道，往上走來。

他穿著紅色斗篷，頭戴王冕火焰冠，每一步卻透露著一股難以言喻的尊貴之氣。

「尊貴，強大，莊嚴，如神的氣質，偏偏又深邃，黑暗，狂暴，如魔的氣勢。」土地公看著這位神祕訪客，帶著讚賞的表情，笑著搖頭。「如此複雜矛盾的魔神，每次看都覺得很迷人。」

「歡迎啊。」土地公聲音提高了，「老濕。」

聽到這兩個字，那訪客停下腳步，抬起頭，和樓頂的蚩尤對望。

這個訪客頭頂無髮，額頭上一條閉眼的裂縫。

他的眼睛，宛如黑夜的湖泊，點點的星光，綴出其中的美麗與深不可測。

然後，訪客和土地公兩人，相視一笑。

這笑，既是尊敬，更是挑戰，既是霸者臨敵的狂傲，更是英雄惜英雄的柔軟。

畢竟，他們可是黑榜上，兩位首席。

黑桃A，與紅心A。

蚩尤，與濕婆。

中國最強之魔神，與印度最強之破壞神。

濕婆緩緩的往上走，他不施展能力直接上樓的原因有兩個，一是這裡有著蚩尤佈下極度強韌的結界。

第二，此刻的濕婆，並不想與蚩尤正面衝撞。

「辛苦了。」蚩尤一看到濕婆上樓，急忙招呼九尾狐遞過飲料，這飲料當然還是招牌的仙草蜜。「老濕，真是稀客，我們多久沒見了，三百年？五百年？」

「自從聖佛之後，四百七十四年了。」濕婆對土地公微微鞠躬。同時轉頭看了九尾狐一眼。「九尾狐，妳好。」

「你好，濕婆大人。」九尾狐畢竟不是蚩尤，她沒有足以抗衡濕婆的先天妖氣。她躲到土地公的背後，害怕的吐了吐舌頭。

「蚩尤，本神來找你，事實上有件事要求你。」濕婆開門見山，端坐說道。

「喔。」土地公聽到如此，立刻正襟危坐，畢竟濕婆如此驕傲的高手，他開口提出請求，絕對令人重視。「請說。」

「放心，不是要你改變立場，更不是要你退出戰局，我特地前來，只求你一件事。」

「老濕你太客氣了。」土地公點頭。「光衝著這千年來，我們屢次交手都旗鼓相當，你的請求我用性命都會幫你辦到。」

「我這次來，不是以神的身分，而是以一個父親的身分。」濕婆閉上眼睛聲音帶著淡淡哀痛。「請你告訴我，我的大兒子象神……他是否真的死了？」

「是的。」

「是你親手殺了他嗎？」

土地公沒有立刻回答，嘴角慢慢揚起一個笑容。

毫無畏懼的笑。

「是的。」土地公語氣放慢，「老濕，你兒子，是我親自殺的。」

濕婆沉默。

這短短的沉默，對一旁的九尾狐來說，彷彿一世紀那樣的漫長，她想到的是，恩怨分明的濕婆會在這一秒鐘發動攻勢。

四隻手，分別代表著「巨棍」、「靈虎」、「長弓」，以及「妖鹿」，以及他額頭的憤怒之眼，印度神界最強大的力量，即將爆發。

就算蚩尤擁有同樣文明古老的力量，甚至凌駕史書上記載的正統「軒轅」黃帝，但，蚩尤真能抵擋得住嗎？

黑榜上的黑桃A與紅心A同列至尊地位，誰強誰弱，自古以來就沒有定論，難道今天會以生死來分出勝負嗎？

可是，當九尾狐將所有恐怖的情景都幻想了一遍。

卻只見到，濕婆，仍在沉默。

土地公也沉默沒說話，只是拖鞋慢慢的從藍變紫，「至尊無敵拖」的威力蓄勢待發。

「所以，象神當真死了。」濕婆終於開口了，他抬起頭，看著土地公，眼神中是慈父喪子的哀痛。「那他死的時候……有沒有任何的遺憾呢？」

「遺憾？」土地公看著濕婆，他萬萬沒預料到濕婆會問這樣的問題，一時間錯愕了。

「自願挑戰強者而失敗，原本就是一名習武之人的最終歸宿，他的死我不會怪你。但，我只想知道，這些年來，我這個聰明而孤單的孩子在死前，究竟有沒有留下什麼遺憾？因為他太聰明，我始終猜不透他的心思。」

「他啊。」土地公拿起仙草蜜，輕輕搖晃著。「他說，父親對他很愧疚。」

「啊。」濕婆苦笑。「的確是。」

「因為一個無心之過，父親錯手毀去他的容貌，換上象頭，讓他從此人不人，象不象，其實他一點都不在乎，但是，這些年來，父親卻因為愧疚，給了他過多的權力和力量，卻始終與他保持距離……」

「……距離嗎？」

土地公輕輕的說：「父親，對他來說，是從他小時候，雪山女神還抱著他時，口中真正的英雄，最偉大的戰士，更是他心中最嚮往，最尊敬的對象。可是，父親卻因為愧疚，始終沒有真正認真的注視著他，所以……他的遺憾……」

「是什麼？」

「老濕啊，他的遺憾，」土地公說，「是你的一個擁抱，一個父親對小孩，真正的擁抱。」

「哈哈哈哈哈。」

忽然，濕婆笑了。

「哈哈哈哈哈哈，哈哈哈哈哈哈哈哈哈哈……」

這笑聲沒有強大的靈力輔助，只是一個純粹情感的笑，笑中好悲傷，好痛苦，好遺憾。不斷的笑，不斷的笑，笑到濕婆的聲音已經乾啞，笑到已經沒有半點聲音，他卻依然在笑。

然後，土地公看到了，大笑的濕婆的眼睛裡面，那最莊嚴而銳利的眼睛中，竟然飽含著水光。

「濕婆大人……」

忽然，濕婆的肩膀，被一隻纖細的手給握住。

濕婆抬頭，卻看見了始終躲藏在後面的九尾狐，悄悄走了出來，一手握住濕婆的肩膀。

「象神的屍體，被埋在東門城下。」九尾狐柔聲說，「在我們的靈力保護下，他的面容身體依然完好。」

「嗯。」

「去抱抱他吧。」九尾狐此刻的溫柔，就像是一個母親。「他從小就沒有被您抱過，很孤單的，去抱抱他吧。」

「嗯。」濕婆閉上眼睛，點了點頭。「謝謝。」

然後，他起身，朝著樓下走去。

走了幾步，忽然背後傳來土地公的喊聲。

「欸，老濕，你兒子最後留下一個預言，要聽嗎？」

「請說。」

「這預言共三段。」土地公說，「火焰與書，同埋於牆之後；天下紛亂，狼與木劍並起；兄弟鬩牆。」

「喔。」濕婆點頭。

「你懂了嗎？老濕。」

「我想，我有點懂了，我的兒子為什麼會選擇死在你手下了？」老濕閉上眼睛，始終在眼眶中徘徊的淚水，此刻終於慢慢流下。「因為他要勸我。」

「啊？」土地公和九尾狐互看了一眼，以濕婆絕頂的智慧，肯定聽出了裡面的含義。

「如果還有機會。」濕婆笑了，乾啞的笑了。「我真的希望你能再當我兒子一次，讓我好好的抱你，象神，親愛的象神啊。」

如果還有機會，讓我好好抱抱你，好嗎？象神。

好嗎？親愛的兒子啊。

新竹，新竹師院門口。

少年H和貓女最先抵達了這裡，寬大的門口，古色古香的校門，給人一種屬於師院專屬的肅穆。

「這裡就是新竹師院？」少年H抬起頭。「聽土地公說過，新竹師院是清交兩校共同仰慕的對象，多少年輕孩子在這大門餐風宿露，整隊集合，就為了和這間學校的女生聯誼。」

「好厲害？」貓女吐了吐舌頭，「這學校的女生，想必很漂亮了。」

「這我倒是不知道，不過孔明選這裡當基地，肯定有他的理由。」少年H右手握住了背上的木劍，側過頭，對著遠方，「有人來了。」

來的，是一陣狂暴的煙塵，當煙塵停下，露出了它張牙舞爪的真面目，一台哈雷重型機車。

還有身穿黑衣的騎士。

「我服了你，在這裡你也可以找到重型機車。」少年H微笑，「好朋友，狼人T。」

重機騎士脫下安全帽，露出他深刻帥氣的浪人臉龐，正是狼人T。

他伸出大手，和少年H用力擊掌。

「報告。」狼人T大笑，滿臉的焦痕仍掩不住他的豪爽與帥氣。「狼人T，四號報到！」

「每次我都比吸血鬼女快，哈哈。」狼人T翻身下車。

「放屁！誰說你比我快？」天空中，一個低沉的女音，打斷了少年H的聲音。「我吸血鬼女早就到了。」

少年H和狼人T同時抬頭，看見了天空中飄下一個黑衣的金髮女子。

她身上傷痕累累，滿是苦戰後的血痕，和狼人T一身由火焰和刀傷構成的痕跡，不相上下。

「報告，獵鬼小組，三號報到。」吸血鬼女瞇著眼睛笑了，雙手高高舉起，走向少年H和狼人T。

少年H和狼人T同時舉起手，和吸血鬼女互相擊掌。

「歡迎歸隊。」少年H微笑，「我，少年H，五號也報到。」

「可惜，一號羅賓漢老大，以及二號糟老頭幽靈騎士，都沒辦法來了。」狼人T說到這裡，聲音不免悵然。

「但是，值得慶幸。」吸血鬼女看著眼前這兩個男人，「我們三個都撐到了現在，從地獄列車開始，到進入地獄遊戲，回到夢境，以及遇到各種神魔苦戰，好幾次，我以為我們獵鬼小組不會再碰面了。」

「可是，我們都撐過來了，不是嗎？」少年H說。「更何況……我們到齊了，那不就表示……」

狼人T和吸血鬼女同聲大笑。「所謂的鬼怪，都要遭殃了！」

此時，所有人同時都抬頭，看向這古樸的大門，表情同樣堅決。

「曼哈頓獵鬼小組，集合完畢。」少年H微笑中，帶有無比堅毅的決心。「即將要獵捕的對象，是黑榜編號紅心A的怪物，曹操。」

這時，少年H感覺到自己的衣角，被人輕輕的拉了兩下。

一回頭，少年H看見了那個熟悉而柔媚的笑容。

「貓女？」少年H問。「怎麼？」

「妳知道嗎？看到你們這個樣子，我好羨慕你們喔。」貓女歪著頭，眼神中盡是欣羨。

「為什麼？」

「夥伴啊。」貓女看著狼人T與吸血鬼女，「我自從五千年離開埃及以後，進入了地獄，後來被貼上黑榜，我都是擔任暗殺與刺客，總是單打獨鬥。」

「嗯。」

「所以，看到你們這樣會合了，竟然讓我有點感動，如果可以，我也想找回埃及那些老夥伴：伊希斯、阿努比斯、賽特……當時埃及創始神『拉』退位，外族趁機入侵，正值生死存亡關鍵。」貓女說著說著，以殘忍而精密著稱的她，聲音竟然微微哽咽。「那時的我們四人，是最好的夥伴，是我們一起讓埃及度過那次難關喔。」

「貓女，等一下。」少年H忽然轉頭，看向了狼人T和吸血鬼女。

「哦？」吸血鬼女彷彿意會，皺眉。

倒是狼人T抓了抓頭髮，問：「幹嘛啊？」

「曼哈頓獵鬼小組五號少年H，在這裡提出申請。」少年H伸出了拳頭，放在狼人T和吸血鬼女的中間，「我想申請一位新的成員入隊。」

「申請新會員？」狼人T還是不懂，「你要讓誰進來？」

「嗯。」少年H眼神看了貓女一眼。「五號少年H提出申請，我希望加入的人是……貓女！」

「貓女？」狼人T錯愕的轉頭，看向貓女，卻在這地獄中最著名的暗殺女王眼中，看到了一片柔軟的水光。

貓女歪著頭，眼前的景物被淚光渲染開來。

她笑了。

「H啊，你可知道我是誰嗎？」

「妳不是貓女嗎？」少年H微笑。

「我是黑榜上的黑桃皇后喔，我是在地獄列車上，佈下整車的野獸，要將你們趕盡殺絕的混蛋喔，我是地獄裡面最惡名昭彰的殺手喔。」貓女笑，聲音哽咽。「這樣，你還要提名我加入曼哈頓獵鬼小組？」

「是這樣嗎？和我認識的貓女不太一樣喔。」少年H看著貓女，臉上的笑容親切而溫柔。「貓女，是一個願意孤身和黑榜鑽石K織田苦戰的勇者，是一個願意犧牲生命回到宋朝，把我救回來的夥伴，還是一個偶爾任性，心地卻比誰都善良的可愛女孩呢。」

「H……」

「我贊成！」這時，狼人T發出粗豪的大吼。「貓女！妳就加入啦！我贊成！」

說完，狼人T就伸出碗缽大的拳頭，撞了少年H拳頭一下。

這一下拳頭碰撞，是夥伴們無須言語的堅定誓言。

「狼人T……」貓女忍不住用綿綿的爪背擦去眼角溢出的眼淚。「地獄列車的時候，我還把你的肚子剖開……」

「吼！」狼人T的臉紅了，「妳幹嘛提那丟臉的糗事，等妳加入之後，我們再打一場！我絕對不會輸的！妳給我加入啦！不要再婆婆媽媽的，像是娘們一樣！」

「我本來就是娘們啊。」貓女笑，她的目光移向了始終保持沉默的吸血鬼女臉上。

這個金髮碧眼的吸血鬼女，現屬獵鬼小組三號，在一號與二號同時陣亡的此刻，她才是真正的代理隊長。

更何況，貓女曾有聽過吸血鬼女背後的故事，她的吸血鬼家族被血腥瑪麗所滅，更養成她妒惡如仇，嚴格與冰冷的性格。

這樣的人，怎麼可能會讓黑榜皇后加入呢？

「貓女，妳覺得，我會贊成嗎？」吸血鬼女的聲音冰冷。

貓女想了一下，搖頭。

「貓女，出身埃及神系，黑榜排行第九，黑桃皇后，被懷疑曾在地獄犯過六百一十九件案件，但由於下手者身手太高明，所以這些案件卻都沒有一個人親眼目睹，始終抓不到她，一直到地獄列車事件，才失手被擒……」吸血鬼女慢慢的說著。「這樣的人，該讓她進來有優秀傳統的曼哈頓獵鬼小組嗎？」

「……好像不應該。」貓女低下頭，輕輕嘆氣。

「所以，」吸血鬼女高傲美麗的眼睛看著貓女。「身為曼哈頓獵鬼小組的三號，我正式宣佈……」

「嗯……」

「曼哈頓獵鬼小組，三票，**全數通過**。」吸血鬼女聲音揚起，「讓貓女正式加入曼哈頓獵鬼小組，編碼六號，擔任實習生一職，之後積功再往上升。」
全數通過？
貓女猛然抬頭，看向同樣吃驚的狼人T，以及在微笑的少年H。
「吸血鬼女，妳……」貓女語氣錯愕。
「既然那六百一十九件案件，都沒有人目睹，就還不能將被懷疑者定罪，更何況……」吸血鬼女聲音依然高傲，其中卻隱藏了感情豐沛的義氣。「我相信H小子。」
「相信H？」
「別看他外表年輕，老是微笑，他其實比誰都認真，而且重情。」吸血鬼女伸出了拳頭，朝著少年H和狼人T的拳頭，輕輕一碰。「他推薦的人，我放心。」
「你們……」貓女看著眼前這三個人，巨大高壯的狼人T、黑衣俐落的吸血鬼女，還有那個始終輕鬆愜意，卻屢次讓貓女感動的男孩，少年H。
「歡迎入隊。」少年H的拳頭朝向了貓女，堅定的笑容。「六號，貓女。」
「謝謝。」貓女纖細的手掌捏聚成拳，輕輕的撞了少年H拳頭一下。
那瞬間，她又笑了。
因為她終於找到了一個家的感覺，一如當年的埃及沙漠上，與賽特、伊希斯以及阿努比斯一起的時光。
她，終於回家了。

貓女閉上眼睛，微揚的嘴角，嚐到臉頰滑下的鹹鹹淚水。

終於，回家啦。

四人完成簡單的貓女入隊儀式後，狼人T像是想起什麼似的，把少年H拉到了一旁。

「對了，H小子。我有個人要介紹給你。」

「嗯？」

「這人說她千里迢迢從地獄第二層，來地獄遊戲找你。」

「嗯。地獄第二層？」

「沒錯。」狼人T繼續說道，「而且，更重要的是，她還是奉了我們頂頭上司的命令。」

「頂頭上司？蒼蠅王？」這秒鐘，少年H的表情微微的變了。

因為他想起，在回去宋朝的那個大夢中，依稀有段殘缺的記憶。那是和夢貘對戰，而逆轉局勢的，是一種昆蟲。

黑色，會飛，總是成群結隊的昆蟲。

只是，少年H卻想不起細節，自己的記憶，似乎在那個時刻，被夢貘給封印住了。

要不是回去了這趟宋朝，也不會勾起他非常深處的記憶。

「怎麼了？H小子？」狼人T看著少年H，「你還好吧？」

「還好。」少年H深吸了一口氣，微笑。「蒼蠅王派來的，然後呢？」

「她想要見你。」

「那就讓她見啊。」

「但是我要提醒你一件事。」狼人T左右看了一下，把嘴巴悄悄的附在少年H耳邊。

「呃？」

「這女人……很兇喔。」

「很兇？呵呵。」少年H拍了拍狼人T的肩膀。「你要知道，貓女也不是易與之輩……我們都能成為好朋友了。」

「對啊，這女人和貓女的個性都算兇，但性格上卻不太一樣，貓女是女皇般的任性驕縱，而這女人則像是村姑般的暴……啊！」說到這裡，狼人T忽然張著嘴，發不出任何聲音了。

然後，狼人T的眼珠像失神似的，慢慢的往上吊，最後翻成了一雙白眼。

少年H看到狼人T的模樣，嘴角揚起。「好傢伙，中國道術啊。」

說完，少年H右手掌朝上，左手中指迅速在右掌畫了幾筆，這幾筆流轉靈光成一個太極圖騰。

少年H低聲道：「得罪啦，狼兄弟。」

少年H右掌微微上提，接著，夾著驚人掌勁，右掌拍向了狼人T寬厚的背部。

砰。

一聲低沉震人心魄的響聲，瞬間從狼人T的背部給傳了出來。

然後，奇怪的事情發生了。

狼人T的胸口鼓起，一個「字」，隱隱浮現出來。

那個字，是一個古老的小篆寫成，正是「禁」，字體成青綠色，被少年H給一掌轟了出來。

這個字，不知道何時，被種入了狼人T的體內，更讓狼人T喪失了說話能力。

「咳咳！咳咳咳咳！」狼人T被少年H這一拍，頓時清醒過來，他猛力咳嗽，「H小子，靠！幹嘛沒事打我打得這麼用力？你不知道你的掌很重嗎？」

「我就是知道，才會先和你說抱歉啊。」少年H笑，只是，他表情卻微微一變。

「怎麼了？」狼人T抬頭看著少年H。

「等等……」少年H興趣盎然的看著那個「禁」字，這字，竟然開始變化了。

禁上頭的雙木開始消失，而左邊蔓延出三點「水」，右邊則出現剛硬的「戈」，戈下，更是熊熊的一字「火」。

「有水，有金戈，還有火焰？」少年H的眼睛睜得越來越大，然後，他笑了。「這個字裡面蘊含了兩種變化，是高手！」

「啊？」狼人T還沒搞清楚怎麼回事。

空中飄浮的那個字，此時此刻，已然成形，竟是在城隍廟中，坑殺上百蜘蛛的「滅」。

滅字從青綠轉紅，轉成了暴力閃爍的赤紅色。

「狼人兄弟，再請你包含一次了。」少年H歉意一笑，右手再度提起，然後靈光狂風中，再度朝著狼人T拍了下去。

「別再鬧啦，我不要你的道歉啊！」狼人T低吼，雙手摀住了耳朵。

可是，少年H雷霆的掌勁，已經來了。

「給我出來，陣列在前！」

只見少年H這掌拍落。

滅狂暴的紅光「滅」，在短短的一瞬間，彷彿被四個字「陣列在前」給包圍，四對一，爆出耀眼白光。

然後，紅光熄滅，徒留狼人T胸口的那一襲輕煙。

「這是中國古術『說文解字』，算是道術中的一門旁支，因為中國字從甲骨文開始，經歷數千年的歲月，飽含了人們的情感，故被運用成一門武術。」少年H低下頭，端詳的看著狼人T胸口那焦黑的痕跡。「但這門武術既難且冷，綜觀地獄，懂這樣招數的人，我只認識一個……」

「誰？」狼人T問。

「那人是我們獵鬼小組的老前輩，一手永字八法，但他的手法俐落而強勁，只是，我記得他的字沒有這麼千變萬化……」少年H說到一半，忽然抬起頭，直直的看著狼人T。

從少年H的眼神，狼人T像是意識到了什麼，慢慢變成了苦瓜臉。

「欸，H小子，別吧，你不會是要說……」

「是的，我又要說……抱歉了。」少年H的手再度舉起，「看樣子，那個女人，果然真如你所說，是高手，因為她的這一個字，還有一次變化！」

第三次變化！

果然，狼人T的胸口，那縷輕煙逐漸消散，露出了底下的字。

只是這字，不似禁或是滅，帶有強烈的含義，這字意思，連少年H都糊塗了。

「這是，」少年H低語。「毳？」

為什麼會是毳？三個毛湊成的毳，又有何攻擊力可言？

只是，下一秒，狼人T的胸口卻開始發生變化，原本就密佈的粗硬狼毛，竟然在這字的位置，開始暴出了驚人的長毛。

長毛速度好快，瞬間糾纏住了少年H的雙手雙腳。

「好厲害。」少年H不驚反笑，「三個毛合成一個毳字，象徵毛髮激增，這第三種變化能搭配周圍的環境發生變化，配合狼兄弟的身體長毛發動攻擊，這操字師，當真是高手。」

只見毛越來越長，像是熱帶森林中的千年老樹藤，不一會，就將少年H完全捆住，整個身體都被掩蓋住。

這些長毛不斷收聚，人被埋在下面，不用多久，可能就硬生生悶死了。

「H小子！H小子！」狼人T見狀，又急又怒，「臭女人，我答應妳帶妳來見H小子，是衝著蒼蠅王的面子，妳竟然這樣對我的朋友！」

說完，狼人T肌肉糾結，重情重義的狼人T一旦憤怒，其力量絕對讓人不敢小覷。

「狼人T啊。」這時，始終躲在狼人T遠處的鍾小妹終於現身了，她手裡拿著毛筆，聰慧的眼睛眨啊眨。「蒼蠅王的眼光不會錯，少年H的實力應該不只如此。」

「呵，不受點苦，怎麼逼妳現身呢？」捆成一團的枯樹毛髮中，傳來少年H清朗的聲音。「看我的一碗水一把劍。」

「一碗水，一把劍？」鍾小妹歪著頭，興趣盎然。

「五行之金，剋木。」只見少年H身處的那團長毛，忽然滲出絲絲金光，每一絲金光都銳利如刀，冷氣逼人。

「五行術啊。」鍾小妹眼神中帶點激賞。「同是道門玄學，只是比說文解字之術，要來得主流。」

「給我斷！」少年H忽然高喝一聲。

金光突然暴漲，這層層長毛源自狼人T的剛硬體毛，雖然厲害，可是怎麼耐得住五行中天生的剋星「金劍」，頓時斷裂。

一時間，金光凜冽，滿天被斬斷的長毛隨風飛舞，一把木劍，夾著凜然之威，從這團毛髮中直直竄出。

木劍如電光靈蛇，直竄到鍾小妹的咽喉處前，方才停了下來。

「好一個五行術。」鍾小妹面對木劍，絲毫無懼，小家碧玉的面容，笑容親切不做作。

「好一個張天師。」

「說文解字之術，我只在獵鬼小組前輩，鍾馗身上看過。」少年H微笑，手上木劍綻放無匹氣勢，直壓鍾小妹。「妳是他的誰？」

「小妹也姓鍾，綽號小妹。」鍾小妹看著少年H，大眼睛眨動。「你叫我鍾小妹就好。」

「喔？鍾馗是妳的……」

「正是，」鍾小妹說到這裡，眼神閃過一絲悲傷。「已故家兄。」

「所以……鍾馗已經……」鍾馗威名赫赫，就連吸血鬼女也曾耳聞，他們聽到這消息，同時噤聲。

「那鍾馗兄……究竟是怎麼？」少年H和鍾馗同樣來自中國，彼此熟稔，他冷靜的聲音裡面，卻已經微微顫抖。

「我哥，與濕婆底下四大高手羅剎王經歷連日苦戰，城隍爺與默娘先後喪生，我哥以一筆『永』字，破去羅剎王六手蜘蛛，以同歸於盡收場。」鍾小妹柔婉的語氣哀傷，描述當時如此慘烈的戰況，不過她卻隻字不提到自己才是收拾戰局的最後關鍵。

「永字八法。」少年H嘆氣，「鍾馗兄生平武學的極致，正是追求八法合一，到最後，他完成了嗎？」

「是。」鍾小妹說到這裡，「我哥啊，總算在最後，悟出了吸血鬼舅舅給他的提示，只可惜，還是遲了。」

「舅舅？」吸血鬼女聽到這裡，忍不住眼睛大睜。「妳說的舅舅難道就是……」

「沒錯，」鍾小妹看著吸血鬼女。「就是妳的親舅舅。」

「啊？所以，鍾馗曾經和我舅舅有過一面之緣？」

「豈止一面而已，他們曾經以武會友，最後更成為至交好友，」鍾小妹伸手進入了懷中，取出了一個盒子，盒上還有鍾馗親筆的封條。「吸血鬼女，請伸出妳的手掌。」

「哦？」吸血鬼女美麗的眼睛，閃過一絲不解，卻依然伸出了她的手掌。

而鍾小妹微微一笑，打開了鍾馗的封印，封印被解開，盒子登時自動開啟。

而裡面，飄出了幾個字，彷彿投影燈般，照在吸血鬼女的掌上。

所有人看不到那串字，除了吸血鬼女本人。

只是，這一秒鐘，吸血鬼女臉色變了。

「這句話……」

「這是妳舅舅在死前一個月，私底下帶給我哥的。」鍾小妹說，「他彷彿預見自己未來的命運，所以將這份遺囑交給了我哥，更交代等到他的小外甥女長大了，再將這句話告訴妳。」

「這句話，難道指的是……」吸血鬼女表情越發凝重，她向來冷靜的眼神，此刻彷彿見識到了巨大的祕密，瞳孔微微的收縮起來。

「這祕密只有妳看過，要怎麼處置，也任憑妳決定。」鍾小妹搖頭，此刻的她，終於完成了哥哥的託付，她的表情又輕鬆，卻又難免悲傷與懷念。「我總算找到妳了，不負我哥的交代。」

「嗯。」吸血鬼女闔上了手掌，同時將那串字一同的收入了掌中，語氣凝重。「我會好好處理這祕密的，舅舅啊，沒想到，一直到你死後，你仍然記掛著我啊。」

「我哥的任務已經交代完成。」鍾小妹轉向了一旁調皮中有著沉穩的男孩，少年H。「接下來，就是我和你的事情了。」

「哦？」

「蒼蠅王特別派我來地獄遊戲，就是來找你的，張天師……不，也許我該稱你為少年H。」

「蒼蠅王，有何貴事呢？」少年H微笑。

「他要我協助你。」鍾小妹那美麗的眼睛閃爍著聰穎的波光。「盡快完成地獄遊戲，開啟夢幻之門。」

「嗯。」少年H眼神中帶著笑意，卻同樣聰穎而深沉。「蒼蠅王千里迢迢派妳來，就這樣？」

鍾小妹看著少年H許久，然後，她調皮的笑了。

「難怪蒼蠅王特別交代我，說張天師聰明絕頂，舉一反三。」

「呵，過獎。」

「我的任務有兩個，一個是來協助你的，至於另一個，我建議您，不要問。」鍾小妹眼神對上少年H，輕鬆中卻有著不退讓的冷硬。「因為，我也不會說。」

「是嗎？」少年H注視著鍾小妹，然後，他笑了。「好吧，那就請妳認真執行妳的第一個任務吧，可別偷懶呢。」

「嘻，天師要分配工作了，那我該做什麼？」

「以妳剛才展現的靈力和聰明才智。」少年H伸出手，比著眼前這座古色古香的校門。「要妳攔截一個沒有兵馬的文弱軍師，應該不會太勉強妳吧。」

「嘿。」鍾小妹何等聰明，大眼睛一轉，已經猜到少年H的目的。「我會試試看，只是對方雖然是文弱軍師，但可也是中國史上最高明的兵法家呢。」

「我對妳有信心。」少年H一躍而起，帶領著狼人T與吸血鬼女，往前邁進。「對孔明先生，我有個建議，當妳鬥智不成，用蠻力硬上，就對了。」

「………當鬥智不成，蠻力硬上，就對了？」鍾小妹看著少年H等人的背影，忽然她笑了，這次的笑，讓她又回到溫柔婉約的小女孩氣質。「真不愧張天師啊，真不愧是蒼蠅王……最提防的兩人之一啊。」

黑暗，沉靜。

兩個男人，在這片黑暗中，寧靜飲茶。

唯有茶香，是這片黑暗的極致風景。

「好茶。」一個男人輕搖羽扇，面容俊俏，五官精緻。「中國人的茶，方是極品。」

「是啊，黑暗中品茶，五感淨空僅存一味，更能享受其中的寧靜與深意，一如我們中國五千年歷史。」另一個男人，身著黑色鋼甲，手拿溫暖香茶，雄壯中帶著書卷氣息。「不過，看樣子我們悠哉品茶的時間，已經不長久了呢，諸葛老兄。」

「呵，曹操兄啊。」諸葛亮搖著羽扇，「八陣圖，數百年前我創下此陣，能攻能守，集我一生智慧，堪稱天下無敵，但到後來，我突然悟了一個道理。」

「什麼道理？」黑色鋼甲者，正是曹操，他飲著酒，幾分霸氣，幾分豪情，正是稱霸三國本色。

「陣，本來就是讓人破的。」

「欸？」

「設陣，如譜曲，每個陣法，每個佈局，都等同一段節奏與音符，越是完美的陣法，越是難以演奏，越是孤芳自賞。」諸葛亮搖著羽扇，品著茶。「而我的八陣圖，竟然就這樣，孤單了五百年。」

「因為無人可破？」

「八陣圖，集合天、地、人三者，創造休、傷、杜、死、驚、開、景、生八門，八門之間風生水起，彼此連貫，破一門後入一門，門門當中都有猛將把守，要破陣只有一種可能。」諸葛亮說著說著，替曹操斟了一杯茶。

「什麼可能？」

「遇到懂陣之人。」諸葛亮微笑，「一如音樂當中，遇到知音。」

「哦。」曹操沉吟。

「八陣圖啟動了來自地獄的八大高手，有僧將軍的義氣，有呂布的強猛，有典韋的死戰，大小喬的陰謀，卻被這人一一破去，無論是否是他親自破陣，都與他有相關性，或是深受他的精神影響，遇到這樣的人，當真千載難逢。」諸葛亮臉上的那個笑容，越來越大。

「呵呵，諸葛兄弟啊，看樣子，你倒是挺開心的。」

「當然，遇到他，才不枉我從地獄回來。」諸葛亮起身，緩步走到了門邊，「而且，那個人就要來了，生門的位置已經被發現了。」

「哦？那個人是……」曹操右手托住了下巴。

「那個人，」諸葛亮推開了門，屬於夜晚的銀亮月光，流瀉而入。「就是少年H啊。」

「少年H？張天師啊。」曹操霸氣的鳳眼，凝視著窗外。「他不僅來了，帶來的人還不少。」

「當然，因為他知道……」諸葛亮搖了搖羽扇。「這裡除了我之外，還有另外一個人。」

「哦。」

「這裡還有你啊，紅心K，曹操。」諸葛亮微笑。「這個人，會讓最後一個生門變成最可怕的血腥戰場。」

「哈，因為不只你而已……」曹操笑了。「我也在等待，一個能讓我好好一戰的知音啊。」

校長室的門，破了。

第一個進來的，毫無疑問的，是最強壯也最莽撞的荒野戰士，狼人T。

狼人T在曼哈頓獵鬼小組中，向來扮演衝鋒軍，因為他快速的復原能力，加上無人可及的鋼鐵肌肉，讓他能沐浴在戰火中而依然無傷。

只是當狼人T雙腳一落地，他卻意外的感覺到一陣冷。

這沒有光的屋子中，是什麼東西，或是什麼怪物，竟讓野獸之王的狼人T感到冷。

如同面對強者賽特的冷。

狼人T抬頭。

黑暗中，一個男人，正倚坐在古老的太師椅上，右腳蹺在左腳上，右手托住下巴，睥睨著狼人T。

就是這睥睨，讓狼人T恍如墜入冰窖中，全身發冷。

「你是先鋒軍？」那男人聲音低沉，迴盪在無光房間中。

「吼！」狼人T全身肌肉僨張，胸膛挺出，鋼鐵般的身軀化作砲彈，直衝向眼前的男人。

狼人T雖然衝動，但不是笨蛋，他會選擇這樣衝撞式的猛攻，是因為「壓力」。

來自這男人，壓迫整個房間的巨大壓力。

狼人T知道，如果他再不反擊，他的意志遲早會被驚人的壓力給徹底粉碎。

「很好。」男人食指優雅的撐住了臉頰，霸氣的笑，「面對比自己強上百倍的大軍，依然奮勇前進，果然是先鋒軍的料，你有個好軍師。」

「吼！」

狼人T吼著。

他的雙腳不斷往前邁進，肌肉隨著每一下步伐，都膨脹幾分，都堅硬幾分。

這是他的全力，白狼化前的十成功力。

他要衝撞，衝撞這堵無形的壓力之牆。

可是，曹操卻只是笑，雙手負在背後，沉靜深邃的笑。

「狼人T啊，我曹操一生在戰場上長大，其實，我只有兩招。」曹操的左手，緩緩伸起。「一招守，一招攻。」

狼人T已經撞入了無形的巨牆中。

「守的這招，是凝固軍隊永不潰敗的精神象徵。」曹操的左手手掌打開，一張透明虎臉，衝了出來。「**虎符**。」

狼人T的身體瞬間停住，他無法再前進。

一點都無法再前進。

以狼人T如此豐富的戰鬥經驗，他意識到一件事，此時此刻只有三個字能形容……

「糟糕了。」

「第二招，是軍隊中專司進攻命令，此令一出，千軍萬馬聽我號令。」曹操的右手已然舉起。「**將軍令**。」

將軍令一出，千軍萬馬，橫掃沙場。

狼人T看著曹操的右手，舉起，五根指頭，慢慢的張開。

直覺得，狼人T的肌肉用力鼓起，將所有的力量都集中到他的前方。

因為，猛招，已經降臨。

將軍令。

狼人T的身體，被猛然一震，身體往後飛去，他只任憑背部，猛力撞上了後面的牆壁。

牆壁一撞崩塌，隨著磚頭四下飛散，將軍令的力量卻還在繼續，狼人T怒吼中，他又繼續往後飛。

劇痛，狼人T又撞上了另一堵牆，而且，再度貫穿。

這次狼人T飛入了滿是桌椅的教室，在將軍令強大無匹的力量下，狼人T連續撞飛桌椅後，再度碰上了後面牆壁。

「可惡。」狼人T只來得及說這句話，他又撞穿了一堵牆。

一堵，兩堵，三堵……當狼人T終於停下來的時候，他已經足足撞穿了八堵牆。

終於，他滿身灰塵的從牆壁破洞中站起時，他慢慢抹去嘴角的血跡，笑了。「過癮，不愧是紅心老K，堪稱壞蛋中排行第六的人物。」

說完這句話，狼人T一邊笑，一邊仰頭倒下。

將軍令的巨大傷害，已經足夠讓他短時間無法再起身戰鬥。

「我已經誘出曹操的兩大招數了。」狼人T倒下之前，喃喃自語。「接下來靠妳啦，吸血鬼女。」

此刻的曹操，右手前伸，一口氣將狼人T推穿了八堵牆，他看著眼前一個連著一個破洞，不禁冷笑。

「才推八個啊。」曹操的右手慢慢收起。「曼哈頓獵鬼小組，果然是有點實力呢。」

只是，當曹操慢慢收起了右手，他卻突然發現了地面有異狀。

地面上，原本自己右手影子的地方，不知道何時，多了一道影子。

一道有翅膀的蝙蝠影子。

「哦。」曹操表情微微詫異。「第二個已經來了嗎？」

同時，地面的影子，突然像吹氣球似的急速擴大，最後黑影環住了曹操的背部與脖子。

曹操耳邊，傳來一個低沉魅力的女音。

「曹操啊，容我自我介紹。」女子的手，高高舉起。「我是曼哈頓獵鬼小組的三號，吸血鬼女。」

然後，女子的手化成能砍碎妖怪的手刀，急速斬下。

「吸血鬼女，我記得妳名字。」曹操冷笑，左腳往地下用力一頓。「虎符。」

曾經擋住狼人T正面衝撞的虎符，再度現身。

這秒鐘，吸血鬼女只感覺到手掌一震。

手刀，竟然被彈了回來。

虎口，更迸裂出鮮血。

「聽說，妳是以繁複的戰鬥技巧見長。」曹操身體一轉，壯碩的身軀竟然輕巧的逃脫吸血鬼女的束縛。「那我們就來試試看吧。」

「哦。」吸血鬼女眉頭微蹙，眼前的曹操就已經動了起來。

「我只有兩招，一是虎符，二是……」曹操的右手舉起，直拍向吸血鬼女的腦門。「將軍令。」

光憑手掌壓下的勁風，吸血鬼女就感到呼吸不順，她知道，這掌只要一接，她腦門即刻爛成漿糊。

她頭一側，憑著膽識和鍛鍊完美的頸部肌肉，驚心動魄的閃過這一掌，掌風到處，幾絲金髮被震斷，隨風飄揚。

而就在這片片金髮間，吸血鬼女雙手陡然伸出，這次不再是手刀，而是尖銳的五爪。

「要突破防禦，點攻擊優於面攻擊，果然是戰鬥高手。」曹操見到吸血鬼女的雙手十爪，已經抓到了自己的胸口。「一次出動兩手，更能擾敵視聽，多點突破。」

錚。

吸血鬼女的表情，瞬間扭曲。

因為她赫然發現，十爪，盡斷。

「只是，我的虎符，可不是隨便什麼烏龜甲，或是龍鱗那種不入流的防禦。」曹操笑，「妳出手完，該換我了。」

將軍令，這股與虎符同樣單純的力量模式，再度啟動。

而這次，不是掌。

而是指。

曹操的右手，五根手指頭，同時戳向吸血鬼女。

五根指頭，代表的是五道凌厲氣勁，攻擊範圍寬闊，完全籠罩了吸血鬼女能逃脫的周圍。

「嘖，掌的攻擊太單調，所以換成多方位的指頭嗎？」吸血鬼女面對五根手指頭，額頭流下一滴冷汗。「果然是懂得戰術的對手。」

五道氣勁，分成上，中，下，左，右，已然來襲。

吸血鬼女深吸一口氣，只見她膝蓋微彎，彷佛算準了時機後，輕輕的躍起。

然後，只見吸血鬼女一個完美無比的體操動作，後空翻加側轉身體兩圈半，以美妙而迷人的滿分動作，驚險的避開了這五道氣勁。

唯一的缺陷，是她腹部以及左腳兩道細微的擦痕。

「呼。」吸血鬼女一落地，她額頭盡是冷汗，那五道氣勁方位太險，只要她的動作稍有不慎，絕對是穿胸破肚之禍。

而吸血鬼女的體操動作尚未結束，她的右腳才剛沾到地板，就倏然加速，全身上下的力量，將她化成黑箭，射向曹操。

黑箭去勢凌厲，瞬間就已經到了曹操的面前。

「這次換成全身力量猛衝嗎？」曹操搖頭，右手前伸，正是**將軍令**。「怎麼和狼人T選一樣的方式？怎麼？這麼快就黔驢技窮？」

吸血鬼女咬著牙，她不斷的提升著自己的速度。

快，快，還要更快。

其速度快到，當曹操的右手舉起，眼前一黑，竟然已經失去了吸血鬼女的蹤跡，曹操猛然抬頭，卻發現那道凌厲黑箭已經轉上了天空，然後俯衝而下。

俯衝，是為了再度加速。

「速度很快，可是這樣有用嗎？」曹操冷笑，他右手再度舉起，瞄準著天空中不斷加速的黑箭。「去！**將軍令！**」

將軍令這股力量再度從手掌中被推出。

能讓比石頭還硬的狼人T，連碎八道牆壁的**將軍令**，再度震撼戰局。

黑箭的速度絲毫不減，帶著玉石俱焚的狠勁，直衝向曹操。

「找死。」曹操怒吼，「**將軍令**，八成威力。」

黑箭，撞上了將軍令的氣勁。

瘋狂的速度，撞上了更瘋狂的力量。

只見黑箭微微一頓，同時間，吸血鬼女的黑色大衣開始碎裂，不斷被巨大力量給消磨成滿天焦黑的碎片，往後散去。

大衣越磨越碎，越磨越小，磨到只剩下半個身體，接著，奇怪的事情發生了。

因為，大衣之內，竟然沒有吸血鬼女的身體？

「啊？」曹操愣住，「這黑箭，是幌子？那真的吸血鬼女究竟在……」

同一時刻，一陣極輕微的鳥類腳步聲，站上了曹操的肩膀。

「鳥？不，這不是鳥，吸血鬼女應該是……」曹操瞬間感到背脊一涼，這是常上紅心K霸主的他，數百年沒有體驗過的恐怖感。「蝙蝠？」

蝙蝠，這種深藏在伸手不見五指山洞的吸血怪物，吸血鬼的獸化象徵，此刻，已經如鬼魅般，爬到了曹操的肩膀上。

「誘敵戰術，成功。」化身為吸血蝙蝠的吸血鬼女，張開了她的嘴巴，兩根獠牙，透出陰冷的光芒。「接下來，就看吸血鬼最強的牙齒，穿過你的**虎符**了。」

說完，蝙蝠的上下顎闔上。

象徵吸血鬼精華的牙齒，就這樣，狠狠地插入曹操的肩膀中。

在進入地獄遊戲之前，曹操曾經瞞著濕婆去找過一個人。

那個人是屬於地獄政府一方，恰好與曹操所在的黑榜彼此對立。

所以，當曹操走到那座巨大的白塔之前，他始終保持沉默與低調。

因為矗立在他面前的，是地獄政府中最獨立且神祕的機構之一，「地獄醫學局」。

而曹操要找的那個人，就是該局的局長，正是醫中聖者，華佗。

曹操隱藏著自己靈力，化裝成一名來自地獄第六層的藥品商人，走到醫學局的接待櫃台之前。

曹操聲音低沉。「我要找你們的局長。」

「局長？」櫃台小姐穿著裙子極短的護士裝，身材火辣，笑容甜美。「請問您是哪位？」

「我是來自地獄第六層的藥品商。」曹操說，「根據柳葉可以看到鬼的理論，我們用柳葉作成眼鏡，專門給鬼當近視眼鏡，這柳葉還是地獄第六層採集而來……」

「柳葉藥品商，好怪？不過我馬上幫您詢問。」櫃台小姐撥了電話，直達到局長室，不久，電話那頭傳來華佗的聲音。

「喂。」

「局長您好，我是護士小咪，有位來自地獄第六層的藥品商，說要找您……」

「什麼藥品商？我沒和什麼藥品商有約。」華佗打斷了櫃台小姐的電話，不耐煩的說。

「藥品商先生，很抱歉。」櫃台小姐正要拒絕曹操，曹操卻冷冷的一笑，對著尚未掛斷的電話，說了兩個字。

「赤壁。」

「赤壁？」櫃台小姐愣住，而同時間，電話那頭卻沉默了。

沉默了足足有一分鐘。

電話中，聽到華佗乾啞的聲音傳了出來。「來者，姓曹還是姓劉？」

「華佗先生，你認為呢？」曹操拿起電話，語音低沉。

「嘿。」華佗聲音冰冷。「你果然還是來了啊，小咪，讓他上來吧。」

曹操隨著穿著火辣的小咪一同走上電梯，他抬起頭，注視著眼前這棟光華亮麗的大樓，他不由得想，這裡就是黑榜妖怪們又敬又畏懼的「地獄醫學局」嗎？

之所以會敬？因為這裡開發出來的特殊醫術，曾經治療過許多被認為無藥可救的妖怪，像是之前日本首相親自送來地獄的「鴉天狗」，貴為日本國寶級的妖怪，卻因為河川污染而掉光了身上的黑羽毛，活像一隻復活節烤雞。

對鴉天狗來說，羽毛等同於神力，失去羽毛就失去了力量，原本以為無藥可救，直到牠被送進了醫學局，華佗卻以「落賤生髮水」加上「獅子鬃毛」，硬是讓鴉天狗長出了羽毛，而且這次羽毛不再只是黑色，還是七彩繽紛的彩色。

另外，醫學局也曾治療過掉鱗片的中國龍，沒有鱗片的中國龍極醜，和一條大肉蟲沒兩樣，也治療過英國來的斷角獨角獸，因為沒有角的獨角獸和普通馬一模一樣，還差點被英國宰殺來宴請國宴貴賓。

就這樣，各國領袖欠了華佗與蒼蠅王一份情，於是蒼蠅王透過華佗，一步步慢慢的滲透入人間的各國首相與富豪。

「難怪，這棟建築物越蓋越美，而醫學局的權力也和蒼蠅王手上的地獄政府一樣，越來越壯大。」曹操看著電梯的樓層數字，從六一直往上跳，七……八……

曹操的腦海，忍不住又想起了更多關於醫學局的事情。

但，妖怪們卻仍畏懼著醫學局，因為隨著它勢力不斷壯大，許多被地獄政府逮捕的黑榜妖怪，沒有送入監獄，更沒有審判，就這樣悄悄的被送入了醫學局之中。

而且，這些黑榜妖怪，沒有一隻活著出來。

那些在人間與地獄逞兇鬥狠的黑榜群妖，究竟在這冰冷的醫學局建築物裡，發生了什麼事？沒有人知道。

他們只知道一件事，醫學局的醫術突飛猛進，肯定做過很多實驗，很多不為人知的可怕實驗。

而唯一能承受住許多實驗而不容易死的生物，那就是生命力強韌的黑榜妖怪。只是黑榜妖怪就算不死，實驗後會變成什麼樣子，卻已經沒有人可以確定了。

「唉。」曹操想到這裡，不禁搖頭，眼前的樓層數字，已經跳至了二十一。

而原本的醫學局，並不是這樣的。

早在蒼蠅王當政之前，醫學局成立之初，是由華佗擔任局長，而副局長則是擅長西方外科手術的怪醫黑傑克負責擔任。

怪醫黑傑克作風乖戾，行事離經叛道，他擔任副局長的時候，引起神界不少議論抗議，最後看上他傲視地獄的西方醫術，才勉強讓他擔任華佗的副手。

華佗與黑傑克合作的那幾百年，可以說是地獄醫學最頂峰的時期。

只是，後來卻爆發兩者理念不合的傳言……

「已經三十樓了。」曹操看著電梯數字，「華佗原來住在這麼高啊？唉，是啊，以他的個性，的確容不下有人比他還要高。」

當時的醫學局，逐漸分裂成兩派，華佗派與黑傑克派，兩人不合的傳言不脛而走，沒有人真正搞懂發生什麼事，而早有偏見的神界更直接認定，一定是叛逆成性的黑傑克，試圖要破壞醫學局的榮耀。

畢竟，華佗謙遜且智慧的外表，深得神界的心。

而華佗與黑傑克的不合越鬧越大，終於有天，到了必須攤牌的地步。

曹操還記得，那次的攤牌更是地獄醫學史上，最大的事件。

「柳葉藥商先生，到了喔。」小咪伸手按住電梯的門，對曹操露出迷人的招牌微笑。

「歡迎光臨地獄醫學局第三十八樓，華佗先生的辦公室。」

曹操點頭，提起精神，往前走去。

出現在他面前的，是一間由古竹編織出來的樓層，每件飾品都瀰漫著深深的中國風，唯獨一張照片，出現了非中醫的物品。

那是一張畫，畫著一根針灸用的長針，與一把手術刀。

這兩樣物品，交叉而立。

同樣凜冽銳利，卻也同樣明亮耀人。

彷彿在說著，地獄醫學的巔峰，正是這兩者攜手合作之時。

「對啊，那場攤牌，不就是針灸與手術刀的對決嗎？」曹操苦笑。

當時，神界雖然早已決定要將黑傑克掃地出門，卻需要一個名正言順的理由，於是就舉行了那場比賽。

那場「針灸」與「手術刀」的比賽，參賽者，當然就是華佗與黑傑克兩人。

而結果，更是神界與蒼蠅王精心策劃後的結果，華佗勝利，而黑傑克被迫離開醫學局。

黑傑克離開時，只是走到華佗面前，滿是縫痕的臉，沉靜的微笑。

「華局長，我們以後還會見面的。」黑傑克微笑。「一定。」

「哦？」

然後，黑傑克離開了地獄醫學局，半年後，蒼蠅王更親自發佈公告，黑傑克登上了黑榜，成為整個地獄共同獵殺的對象，黑桃J。

「每次回想那場比賽，真是經典啊。」曹操的回憶到此，就慢慢的推開了那道竹子編織的門，走進了醫學局局長的辦公室內。

新竹，校長室內。

「好一個誘敵戰術啊，吸血鬼女。」曹操冷笑。

吸血鬼女展現驚人的戰鬥技巧，以斗篷之引曹操使出**將軍令**，然後她再化身為蝙蝠，趁著斗篷碎裂的同時，悄悄的溜到了曹操的背後。

然後，號稱吸血鬼族最精華的武器，「牙」，就這樣咬下了曹操的肩膀。

「親愛的曹操啊，」吸血蝙蝠獰笑。「嚐嚐我們最甜蜜的，吸血鬼之吻吧。」

這秒鐘，曹操別無選擇。

他怒喝。

「虎符！」

然後，號稱戰場上最堅強的力量，在這兩個字衝出的同時，整個爆發。

曹操要硬拚，以虎符硬拚吸血鬼之吻。

最銳利的牙，拚上最堅強的防禦。

這一剎那，卻聽到吸血鬼女的低呼，「藍色的，這是可視……」

隨即，黑暗的校長室，爆發一陣激烈戰鬥的深藍色冷光，迅速又回復了平靜。

全然的平靜。

完全無法預料戰局的平靜。

打破黑暗的第一個聲音，那是吸血鬼女。「曹操啊，我的牙，終究還是穿入了你的肩膀，破了你的虎符……」

「只是，可惜……」下一個開口的，卻是屬於曹操的雄渾男音。「就算妳的牙齒讓我的虎符有了破綻，但是妳已經無法繼續戰鬥了……」

此時，幾絲月光，落在校長室內點亮了朦朧的景象，那景象著實讓人心驚。

那景象是一個男人以單手勒住金髮女子的脖子，高高舉起的，而女子身體軟軟的下垂，戰力盡喪。

「藍色。」吸血鬼女的脖子被曹操扼住，苦笑。「好厲害的藍色靈波，竟在我牙貫入你肩膀的同時，硬是反客為主，打破我的防禦，將我擒住。」

「攻擊，往往就是最好的防禦。」曹操抓著吸血鬼女，右肩的兩個小小的齒痕傷口，血液已經凝固，看似無礙。「妳是戰術高手，一定懂這道理吧。」

「呵。」吸血鬼女忽然笑了。

「妳已經窮途末路，還有什麼事好笑？」

「我笑的是，我不僅懂這個道理，我還懂另外一個戰術。」

「什麼戰術？」

「掩護。」

「掩護？」曹操一愣。「掩護誰？」

「該你出手了吧。」吸血鬼女在這一刻，眼睛慢慢閉上，嘴角揚起。「少年H。」

曹操彷彿感覺到什麼，緩緩的轉身，他的背後不知道什麼時候，竟被寫了幾個字。

「臨 兵 鬥 者 皆 陣 列 在 前」

然後，那幾個字，嘶的一聲，有如點燃火柴般發出陣陣紅光。

「親愛的曹操，你要知道，整個地獄遊戲中。」少年H的聲音，從房間的角落傳了出來。「我的偷襲，可是小有名氣的喔。」

「是你！張天師！」曹操滿臉驚怒。

「正是我，我就是吸血鬼女所掩護的人。」少年H笑，「給我爆吧，九字真言。」

這一剎那，那冒著紅光的九字，猛然漲大，宛如火山爆發，爆出熊熊火焰。

火焰氣勢驚人，更毫不容情的吞噬了曹操壯碩的身軀。

在這片火焰中，曹操的記憶又回到那只竹籐所編織的大門。

裡面有著極為驚人的巨大書櫃，書櫃中塞滿各式各樣，古今中外的醫書。

而書牆的下方，一張籐椅上，坐著一個曹操熟識的老人，他正專注的看著一本書。

這老人頭髮斑白，卻精神健碩，給人一種道骨仙風之感。

他，正是地獄醫學局局長，華佗。

曹操慢慢的往華佗方向走去，沉穩的步伐裡面，透露著戒慎與霸氣。

華佗的頭沒抬，眼睛更是沒動，只是淡淡的翻著書頁，說道：「你來了啊，曹操，我生前的最後一個病人。」

「是的，我來了。」曹操繼續往前走，他思考著，他與眼前華佗距離三步之遙，以他的**將軍令**的威力，要瞬間取下華佗性命，絕非難事。

「你的雙腳膝蓋太沉，身體往右方偏去，用力有餘，平衡不足。」華佗的眼睛依然沒有離開書本。「這表示近幾年，你的右手練的是攻擊性的武術，太過陽剛，左手則反之。」

「你的聽診功力，還是那麼靈敏。」曹操表情嚴肅，持續的往華佗方向走去。

將軍令，正在右手醞釀。

兩步，兩步的距離，就可以除去這毒老頭。

「呵，」華佗翻動了書頁，「你血脈加速，陽剛氣正急速在右手積聚，若不是你練功練到走火入魔，就是……」

「就是怎麼樣？」曹操已經到了華佗的桌前，一步，僅僅一步的距離。只要揮出**將軍令**，光用掌風都足以擠死這不會武功的老混蛋。

「就是，」華佗雙手啪的一聲，闔上了書本，抬起頭，滿佈皺紋的深眼眶，興趣盎然的看著曹操。「你打算殺我。」

「哈。」曹操一笑，右手舉起，深藍色的光芒乍現。「猜得很準，我是想殺你，非常想。」

「死亡，是很有趣的醫療體驗。」華佗聳肩。「不過，你不敢也不能殺我。」

「哼。」曹操的手高高舉著，手上藍色光芒不斷吞吐，只要往下一拍，華佗肯定腦漿迸裂。

但，藍光吞吐速度越來越快，卻始終沒有任何下擊的動作。

曹操知道，華佗說得沒錯。

他不能殺華佗。

至少，現在不行。

「你手上的藍色波紋，就是傳說中的可視靈波吧。」華佗眼睛睜大，看著曹操的手，宛如看到玩具的小孩，眼神中充滿興奮。「這是最奇妙的靈魂現象，至今仍無醫學解釋，浩瀚的地獄裡聚集了古今中外的神魔，能出現可視靈波的，仍不過五十人，偏偏那些人又一個比一個難抓。」

「哼。」曹操手上藍光仍在吞吐。

「打個商量，如果你可以留下來讓我做實驗……讓我好好研究可視靈波，你要什麼我都答應你！你要我特製的煉妖養生湯嗎？那可是由一百種百年動物和六十四種靈性植物，還有童男童女靈魂提煉而成的。」

「哼。」曹操露出鄙夷的神色。

「還是你要我的隨身妖化丸，可以隨時讓你進入妖化狀態，力量或是靈力都會百倍，當然，它還是有缺點啦，就是當效用停止，你有百分之三十的機會變不回人類。」

「華佗！住口！」曹操的眼睛大睜，手一拍，打向桌面，藍光漲滿整個房間後，桌面瞬間瓦解粉碎。

「這桌子可是很貴的，咯咯。」華佗笑，「那你想要什麼？」

「你不會不知道，我為什麼來這裡！」曹操的手，緊緊握住。「因為你在死前，對我做的那件事！」

「哦，」華佗眼中盡是狡猾光芒。「你知道我年紀大了，記憶力不好啊，你說的是哪件事啊？」

「你，」曹操伸手，比著自己的腦袋，語音憤怒。「趁著治療我頭痛，在我腦袋裡面，裝了那個東西！」

「腦袋？啊啊……聽你這麼一說，好像有這麼一點印象！」華佗如仙人般高雅的表情，瞬間變得陰森起來。「咯咯，曹丞相啊，你一發現腦袋裝了那東西之後，不也是當場斬了我嗎？」

「你！」

「更何況，咯咯咯咯。」華佗笑得好開心，陰森之氣又更重了。「我很期待，從人間到地獄這漫長的幾百年，你腦中的那隻寶貝，到底長成了什麼樣子了？」

新竹，師院的校長室中。

少年H的一聲爆，正式啟動了曹操背後的那幾個字，「臨兵鬥者皆陣列在前」。九個字，如同一隻豔紅色的蜈蚣，快速在曹操的背後蔓延爬行。

然後，蜈蚣昂頭。

然後爆散。

單膝跪地。

終於，曹操跪下了。

這個一掌震暈狼人T，逆轉吸血鬼女的王者，終於單膝跪地了。

因為少年H的這九字，強大無比的力量在曹操背部炸開，逼得他不得降下自己尊貴的身段。

而他被吸血鬼女咬過的右肩傷口，傷口幾乎迸裂。

「不愧是張天師啊。」曹操舔去唇邊的血跡，笑了。「差點就破了我的虎符。」

「你也很厲害。」少年H雙手負在背後，神態悠閒之餘，整個身體卻毫無破綻。「我的九字真言，曾燒過整車的獸靈，曾吞噬過哈奴曼，但卻只能讓你右腳膝蓋著地而已。」

「是嗎?我以為，讓我單膝跪地，已經罪該萬死了!」曹操慢慢起身，圍繞身體的虎符霸氣，正不斷往外膨脹。

急速脹大的氣，直逼向少年H，甚至將他的頭髮整個往後吹，臉頰的肉也被往兩旁壓去。

面對如此強的霸氣。

少年H卻只是一笑，然後輕巧的往後退了一步。

這一退，隱含八卦步伐，竟巧妙的避開了這股凌厲而憤怒的氣勁，讓少年H的臉又恢復了正常。

「正所謂，退一步海闊天空，我本來就不是硬拚型的人啊。」少年H輕鬆笑著，面對曹操不斷往外膨脹的虎符氣勁，少年H又退了一步。

這一步，再度巧妙滑過侵襲來的氣勁。

於是，只見曹操的氣勁不斷往外，已經盈滿了整間校長室，而少年H卻像是在河畔漫步的老人，往左後退一步，往右後退一步，氣勁再怎麼強悍，偏偏都壓迫不到他。

而更奇妙的是，少年H踏著退後的步伐，一會左一會右，退到後來，竟然又回到了曹操的面前。

看著曹操滿是詫異與憤怒的表情，少年H愜意的笑。「曹丞相啊，你這樣把力量不斷往外擴去，可是很費力的，要休息一下嗎？」

「你！」曹操的臉漲紅，「你剛剛踏的是什麼步伐？竟然可以完全避開我的氣勁？」

「這是八卦步。」少年H微笑。「正所謂忍一時風平浪靜，遇到風大的時候，走八卦步比較輕鬆啦，你知道練太極的，就會喜歡偷懶不用出力啊。」

「吼。」曹操低吼，他右手舉起，這一瞬間，虎符壓迫整個房間的氣勁，瞬間倒縮，全數回到曹操的右手之中。

這一剎那，少年H的表情嚴肅起來。

因為他知道，曹操的猛招，要來了。

就在他的右手。

「將・軍・令！」

曹操這掌劈下，無色無相的掌勁，竟然隱隱發出風雷之聲，直貫向少年H。

只是一招，其狂暴的力量，就封死少年H上下左右八方生路，已經不是八卦步可以迴避的了。

「好！」少年H也是識貨之人，他像是欣賞絕色美景般注視著眼前的猛招，慢慢捲起了袖子。「雷霆萬鈞，無愧這麼霸氣的名字，將軍令！」

說完，少年H袖子捲好，雙手同時往前畫出半圓，一上一下，一個完美的黑白圖形，儼然成形。

「太極式。」少年H聲音依然沉穩，雙手緩慢畫圓。

然後，他的身體猛然一震。

彷彿一頭兇猛無比的巨大犀牛，低著頭直撞入太極張開的網子上。

而撞擊力道之強，竟讓太極圖騰差點被撐破。

少年H雙手的圓形幾乎潰散，強大力量朝著他的五經八脈狂湧而來，他的臉上卻忍不住微笑，那是面對不可能挑戰時候的興奮。

「亂世裡面，最珍貴的莫過於一碗水了。」少年H低笑，他的右手開始急轉，宛如牽引著這股力量，同時間，他的腳也開始動了起來，正是八卦步法。

手轉太極，腳踏八卦，短短的一瞬，這股力量竟然反轉了。

犀牛一撞入網中，被巨大的網力給彈了回去。

這一反轉，**將軍令**反噬主人，更直朝著曹操怒奔而去。

「哼。」曹操怒目圓睜，不閃不避，直接面對這波攻擊。「虎符！」

「虎符與將軍令的對決，當最強的矛遇到最強的盾。」少年H喘著氣，依然是輕鬆笑容。「真是難得一見啊。」

磅！

空氣中傳來一聲沉悶的低響，宛如重石落地，震人心魄。

曹操依然挺立，除了被吸血鬼女咬中的右肩微微顫動，幾滴血悄悄湧出。

「太極反轉，不可能卸盡所有力量，那就看誰先倒下吧！」曹操低吼，右手先是往後猛拉，然後往前揮擊過去。

將軍令，這次化成猛拳，直撲向少年H。

「面對將軍令這種級數的怪力，我必須承受三成，七成會回到你的身上。」少年H再度凝神，雙手轉動，轟然一聲，再度迎向了**將軍令**。

劇震。

少年H的身體整個劇震，因為這次撞擊太極之網的力量，比上次又更強大。

如果說剛才是犀牛，這次根本就是猛象。

少年H雙手不斷的轉動，手上的太極圖，以水紋般流動，越流越快，腳下的八卦步越踏越快，試圖卸掉面前這力道驚人的猛象。

「回去！」少年H怒喝，將全身的力量提升到極限，手指虎口的微血管，應聲迸裂的同時，太極圖把這頭猛象硬是推了回去。

將軍令，這頭來勢洶洶的猛象，在太極圖之前絆了一下，急速轉身，搖搖擺擺的朝曹操而去。

猛象終於回頭，少年H幾乎脫力，手指虎口鮮血直流，笑容卻依然輕鬆。「換你啦，曹丞相。」

「哼。」曹操如何不知道自己**將軍令**的威力？他雙手握拳放在腰部，放聲怒吼，全身的力量集中到正前方，氣勁凝結出一隻以剛玉雕成的透明白虎。

白虎，正是**虎**符象徵。

它發出威猛低吼，與猛象正面搏擊。

「看誰比較撐得久。」少年H微笑，趁機調氣，「曹丞相，我們還有得打呢。」

「哈。」曹操只覺得眼前一陣天崩地裂，幾乎全身的經脈都要逆行了。

而且這次，曹操退了。

白虎被猛象一路往後撞退，直退到了牆壁邊，曹操背脊硬是在校長室的牆上，壓出幾道觸目驚心的裂痕。

而曹操的右肩更在巨大的壓力下，傷口迸裂，鮮血噴了出來。

「給我，散！」曹操雙手往地上一捶，虎符爆發！整個校長室晃動了幾下，猛象，終於潰散了。

「厲害。」少年H嘴角揚起，輕輕鼓掌。「當真厲害。」

「呼呼，呼呼……」曹操不斷喘氣，右肩的血汩汩流出。

被吸血鬼女攻破的傷口，雖然微小，卻在少年H的致命反擊下，一次又一次的崩潰。

虎符要破，就看這唯一的裂縫，能被逼到什麼程度。

曹操喘氣之餘，伸手按住了自己的肩膀，血，立刻從指縫間湧了出來。

血，還停不了。

「如果沒有吸血鬼女，虎符不會出現缺口。」曹操額頭上盡是汗水，嘴角卻仍在笑。

「狼人T逼出我的能力，吸血鬼女突破缺口，而你……則將這缺口不斷撞開，呵呵，不愧是曼哈頓獵鬼小組，不愧是讓黑榜群妖聞風喪膽的獵鬼高手。」

「我想，我應該這樣說。」少年H微微前蹲，氣勢浩瀚，「因為是你啊，曹丞相。」

「哦？因為是我？」

「若不是您啊。」少年H雙手舉起，黑白兩色靈波，隱隱出現。「我們獵鬼小組不會傾巢而出，因為您是我們遇過最強的對手啊。」

「最強的對手嗎？」曹操右手離開了肩膀，不理會正湧出的鮮血，他霸氣再現，宛如立在千軍萬馬前，那位號令天下莫敢不從的三國首將。

深藍色的靈波，正在膨脹。

色澤更清楚，氣勢更駭人，比少年H的黑白雙色靈波更是有過之而無不及。

「最強的一招，終於要來了嗎？」少年H雙手慢慢舞動，氣勢卻絲毫不遜於曹操。

「這招，」曹操一聲怒吼，所有的藍色靈波在這一剎那，全部回到曹操的雙手之上。

「分出勝負吧！」

說完，曹操雙手泛著熾烈藍光，往兩邊拉開。

右手，是最強的攻擊**將軍令**，左手，是最堅強的防禦**虎符**。

接著，兩手急速靠近。

「這招是……」少年H眼睛睜大，眼神中是面對罕見絕招的欣喜與忍不住的恐懼。

拍擊。

雙手拍在一起了。

雙手合一，將軍令撞上了虎符，藍光亮度激增，然後，下一刻，兩者力量撞擊出數倍的驚人力量，朝向少年H而來。

「這是我的極限一招，卻有個令我悲傷的名字，它叫做……」曹操怒吼，「赤壁。」

少年H看著眼前這招赤壁，從曹操手上放出，已經不是風雷之聲，或是犀牛大象可以比擬了。

這招所經之處，整間校長室四散瓦解，風雲變色，大地撼動，彷彿森林中的猛獸盡數翻湧而出，氣勢之強，堪稱是驚天動地。

這招一出，少年H明白，這絕對是曹操的絕招。

他也明白，曹操是真的想在這一招分出勝負。

他是真的想，讓少年H從地獄遊戲中徹底消失。

「很好，」少年H面對如此猛招，淡然苦笑。「看樣子，我是擋不住了。」

說完，少年H不但沒有退縮，反而靜靜閉上眼睛。

他的心，從剛才的激動激昂，慢慢的平靜下來，彷彿沉入深邃古老的森林湖水之中。

靜謐，純淨，無光，深深的湖底。

在這片靜謐中，少年H想起了古老戰場上的師父，他一手端著碗，一手握著劍，笑著開口。「手啊，人學武，都會有個目的，你的亂世武道是什麼？」

「亂世武道……？」

「亂世戰火燎原，屬火，而你天生的屬性屬水，該是這亂世的救星，只是，你得先找出自己的武道為何。」

「自己的武道？」少年H喃喃自語，「我的屬性是水，如果是我，要怎麼替這亂世做一點事情呢？」

「呵呵。」師父笑了，影像同時慢慢模糊起來。「仔細想，你一定會想出來的。」

當師父的影像從心底消失，少年H又聽到了赤壁降臨的聲音，這兩字象徵的是曹操生平最大敗戰的恥辱，當年曹操獨霸北方，手下百萬甲兵，揮兵南下要收拾孫權與劉備。

而南方兩大陣營，破天荒聯手，因為曹操的來襲，肯定是三國有史以來最猛烈的戰役。決戰點，就是赤壁。

集合了水陸兩戰，人心詭謀，奇異法術，水火雙攻，心腹猜忌，最強的矛與最強的盾，在這片赤壁美景下，正式交手。

這場戰役，曹操敗北，更使他無法橫掃南方，天下從此三國鼎立，「三國」之名，從此在史書上被確立下來。

將這招取名為赤壁，可見曹操的決心。

就算同歸於盡，也要粉碎敵人的決心。

少年H的眼睛仍閉著，赤壁已經如同萬獸奔騰，來到了少年H的面前，猛招來臨，連空氣都變得凜冽割人。

「我的亂世五道嗎？」少年H閉著眼睛，他的手這次不再轉動，卻只是掌心朝上，做出一個擁抱的姿勢。

水，無孔不入的水，必能察覺赤壁招數中的細微變化。

水，無所不在的水，能容納百川，方能成大海。

然後，這招，已經被少年H抱入了懷中。

這招赤壁何等兇險，少年H竟然將它一抱入懷？可是，接下來奇異的事情發生了，那狂暴兇猛的氣勁，竟在少年H懷中，被凝聚壓縮成一顆藍色大球。

藍色大球不斷發出炙熱亮光，內部氣勁更是翻湧暴升，一看就知道非常不穩定。

而將其抱在懷中的少年H，簡直就是玩命。

「這就是我的亂世武道。」少年H微笑。「太極柔抱。」

「太極柔抱？」曹操睜大眼睛，眼中盡是不可思議，「亂世武道，怎麼會是溫柔的擁抱？」

「這就是我們不同的地方啊，曹丞相。」說完，少年H提氣大喝，「喝！」

這剎那，他的身後出現了一個太極。

這次的太極兩色比以往更分明，更強烈，表示少年H的可視靈波，又往上提升了一個境界。

太極運轉，把少年H懷中那顆赤壁藍球，推了回去。

這一推，同時也代表少年H耗盡體力的最後一擊，藍色光球一震，再度化成翻騰叢林的萬獸奔騰，衝向曹操。

這一推結束，少年H也跟著倒下，全身虛脫的他，再也無法施展下一次反擊了。

「接……招……」躺在地上的少年H，露出最後一個微笑。「又該你出棋了，曹丞相。」

「很好。」曹操面對由赤壁幻化成的群獸，排山倒海而來，他深吸了一口氣。「很好，張天師啊，你竟然讓我又回想起當年赤壁大戰的暢快感啊，哈哈。」

說完，曹操雙手往前擊去。

耗盡生命所有的力量，耗盡積鬱千年的力量，耗盡所有黑榜妖怪的戰力，他要擋住這股赤壁。

只要擋住了赤壁。

他就贏了。

因為少年H已經無法戰鬥了。

強壯的狼人T，擅長戰術的吸血鬼女，一直到文武兼備的少年H，堪稱最擅長團體戰鬥的獵鬼小組三人，就會在自己的雙手之下，盡數覆沒。

他就贏了啊！

這剎那，巨大群獸的瘋狂的腳印，踩過了曹操的身體，狂暴的赤壁氣勁，徹底的淹沒了他的身形。

整個校長室，以及整個新竹師院，也在這股氣勁爆發下，化成了一片廢墟。徹徹底底的，變成了廢墟。

曹操的思緒，在面對這翻騰的赤壁的時候，又回到了那棟醫學局建築物內。

坐在椅子上的華佗笑得好開心，不斷摩挲著自己的手掌。

「華佗！你！」曹操右拳緊握，微微顫抖。

「那東西是為了治療你的頭痛所放進去的特殊療法，更是我所開發的第一次生物療法。」華佗聳肩，「要取出牠，連我都沒有十成把握，除非……」

「除非什麼？」

「你的將軍令與虎符同時被破，牠失去了禁錮牠的力量，就會從你腦袋中覺醒，不過曹操老大啊，你可是紅心K啊，這世界上除了四張A和霸王黑桃A之外，還有誰能把你逼到這地步？」華佗捻著下巴短短的白鬚。「你究竟在怕什麼？嘿嘿。」

「怕？」曹操的手慢慢放下。「我走過人間地獄數百年歲月，我只知道，世事無常，更何況……」

「更何況，」華佗奸詐的笑，「濕婆發佈的召集令嗎？」

「你也知道召集令？」曹操皺眉。

「我可是專門解剖黑榜妖怪的醫學天才，你們黑榜有什麼祕密，怎麼可能瞞得過我？」

「哼，我們回到正題。」曹操看著華佗，「大戰在即，你到底要不要把牠從我的腦袋中拿掉？」

「不是不拿，是不可能。」

「確定不可能？」曹操的眼中閃過一絲殺氣。

「確定。」

「以你現在傲視地獄的醫術，也無法取出？」曹操聲音越來越冰冷。

「無法取出。」華佗搖頭。

「很好。」曹操笑了起來，「哈哈哈哈。」

「很好笑嗎？」華佗抬起頭，皺眉看著曹操。

「因為，既然你取不出牠，那我就沒有理由不殺你了。」曹操的右手高舉，藍光之中，是威風八面的**將軍令**。「對吧？」

「呃。」華佗退了一步，試圖要按下電話中的警鈴。

可是，曹操的手，還是快了一步。

藍光一閃而去，華佗只覺得胸口一涼，胸口，竟然裂開了。

「啊啊啊啊啊……」華佗低下頭，看著自己的胸口上，出現了一個可怖的裂口，而裂口裡面，是正在跳動的心臟，以及鮮紅的肺部。

「死吧。」曹操的右手再度舉起，眼中是極度憤怒的冷光。

將軍令。

重重轟中華佗的腦門，號稱最純粹的暴力，從上而下，貫破腦袋，分裂胸膛，雙腿折斷，最後變成一灘爛泥。

曹操轉身。

關上了那籐木編織的門。

對那身材火辣的護士小咪點頭後，毫無異狀的離開了地獄醫學局。

只是，在當時的曹操並不知道，在華佗被一掌擊爛的辦公室旁，有一個男人，正注視著一只螢幕。

螢幕裡的畫面，正是曹操完整的行兇過程。

而這男人白鬚飄飄，仙風道骨，竟和華佗一模一樣。

他伸手，摸著身旁一櫃巨大的冰庫玻璃，玻璃中躺著的正是在地獄列車中重傷的男人，羅賓漢J。

「羅賓漢啊，幸好有你呢，為了保護你昏迷的軀體，我特地建了這座小房間。」華佗笑著，「才沒有被他逮到啊。」

華佗對著羅賓漢說話，語氣親切而熟悉，彷彿對一個親密老友。

只是，詭異的是，羅賓漢J從地獄列車開始，已經昏迷了好長一段時間了。

華佗只是在自言自語而已啊。

「更何況，以我現在的醫學技術，只要一點幻行怪和孫悟空的猴毛，要複製另外一個人是輕而易舉的。」華佗摸著羅賓漢J的冰櫃，「對吧？J。」

「而我又怎麼可能替曹操動手術？」華佗說到這裡，露出滿足的笑容。「他腦袋那個寶貝，是我生平醫術的極致。」

「曹操，他就和你一樣啊，J。」華佗笑容可掬，「都是真真正正的偉大傑作啊。」

赤壁。

巨大赤壁的氣勁四處橫掃，一口氣把整間學校都摧毀了。

包括裡面一堆遊戲中的怪物，老師怪物，教授怪物，工友怪物，全部都掃蕩得一乾二淨。

這掃蕩製造了大量的道具，以及替少年H和曹操一口氣累積了大量的經驗值，雖然對此刻的他們來說，經驗值已經不是那麼重要的東西了。

對他們而言，此刻最重要的是……最後站著的那個人，是誰？

赤壁氣勁中，一個男人，身上佈滿著灰塵與傷痕，右肩染滿了鮮血，緩緩的起身了。

他身材壯碩魁梧，上唇有著短鬚，霸氣橫瀾又文氣瀟灑。

他是曹操。

黑榜上的紅心老K，操弄**將軍令**與**虎符**的藍色帝王。

他起身之後，仰頭狂笑起來。

「哈哈哈哈哈哈。」曹操不斷的大笑著，「獵鬼小組啊，我站起來了，你們還是輸了吧！你們還是輸了吧！我贏了！」

笑聲震天，更讓躺在地上的三個人彼此苦笑。

狼人T的拳頭用力朝地面一揍，地面震盪。「等老子能夠站起來，肯定把你的腦袋整個打扁。」

可惜，此刻的狼人T先是毫無防備下中了純正的**將軍令**一擊，更被後來的**赤壁**波及，的確已經無法再站起了。

而扮演攻破**虎符**的吸血鬼女，此刻也坐躺在廢墟的牆邊，她冰冷的表情中看不出喜怒哀樂，只是閉目養神。

她傷得太重，重到無法即刻反擊，但是她仍在爭取時間，要以她吸血鬼驚人的恢復力，凝聚下一次反擊的力量。

最慘的，莫過於少年H，他沒有吸血鬼女和狼人T非人類的恢復力，更連續硬拚了三次將軍令與虎符，他身體內真的一點力量都沒有了。

他坐在地上，卻忽然笑了。

「哈。」

這笑聲不高，卻清楚的傳了出去。

曹操笑聲回音未歇，甫聽到少年H的笑，曹操忍不住低哼了一聲，「張天師啊，你有什麼好笑？難道嫌自己輸得不夠慘，想被我打成肉泥嗎？」

「我笑。」少年H還在微笑。「是回想到我們曼哈頓獵鬼小組。」

「曼哈頓獵鬼小組有什麼好開心的？馬上就會成為歷史了，有人看歷史課本會笑的嗎？白癡。」曹操皺眉。

「不是，」少年H越笑越厲害，笑得連搖頭。「曹操，你說你擊敗了獵鬼小組了，我忍不住想問，你知道我們總共有幾號嗎？」

「你以為我不知道？」曹操拳頭擰緊，語氣憤怒。「一號是羅賓漢J，二號是圓桌武士雷，不過他們都在地獄列車上退出了戰場，三號是吸血鬼女，四號狼人T，還有五號，就是你，少年H張天師。」

「錯了。」

「錯了？」

「曹丞相啊，你漏算了一個。」

「漏算了一個？」

「我們曼哈頓獵鬼小組，」少年H抬起頭，眼神銳利如劍，看向曹操。「可是有六號的。」

「六號！」曹操愣住。

愣住過後，是從背脊直涼上來的雞皮疙瘩。

因為他發現了少年H的眼神，正看向自己，正確說，看向自己的背後。

他的背後有誰？

六號，究竟是誰？

「休想用計騙我！如果真有六號，剛才戰鬥中，我真氣凝聚成圓搜查整個房間，怎麼可能沒有發現？」

曹操拳頭發抖，逼自己不去想背後，此刻正站著誰？

是誰，可以站在背後，卻一點氣息都沒有。

「我們的六號啊。」少年H雙手枕在頭後，優雅的躺下。「不是那種隨便就可以發現的人啊。」

「鬼扯！」曹操怒吼，右掌舉起，**將軍令**就算剩下三成，卻依然雷霆萬鈞。「我劈了你……咦？」

這秒鐘，曹操的手停了，因為他發現，他背後真的有人開口了。

「曹先生，或者稱你是黑榜上的紅心K前輩啊。」那語音柔膩，迷人卻又識曾相識。
「跟您介紹一下，我正是曼哈頓獵鬼小組的，六號。」
「妳！」曹操驚惶轉身，他的右掌將軍令跟著擊了過去。
他不是愛偷襲的人，可是他知道，如果六號真的是那個人，他此刻重傷的狀況，不偷襲，絕對是死路一條。
「可惜，你現在就算是偷襲。」對方溫柔笑了，「還是死路一條。」
說完，曹操的右肩，那被吸血鬼鑿開，再被少年H逼開的虎符缺口，已經被四根銳利的爪子給貫穿。
那爪子尖端微勾，掌心寬厚，毋庸置疑，是貓爪。
「竟然是妳！黑桃皇后……」曹操的眼睛睜得好大，他虎符已經徹底的破了，將軍令也跟著崩潰。「貓女吼！」
貓女。
「抱歉了，紅心K。」貓女右手從曹操肩膀一抽而起。
然後，貓女另一隻手的銀光利爪，快速而精準的陷入了曹操胸口，直接貫穿心臟，「我不當野貓已經很久了，現在，我只是想回家的家貓而已。」
貓女的手抓住曹操心臟，然後用力一握。
柔軟的肌肉，在手中破碎迸裂。

這秒鐘，曹操的呼吸停住，仰頭就倒。

直到曹操背部撞上了廢墟的土地，他的腦海又開始放映起曾經擁有的回憶。

只是這次的回憶很短，那是討厭的一個人，與討厭的一句話。

「咯咯咯咯。」華佗笑得好開心，表情陰森。「我很期待，這漫長的幾百年，你腦中的那隻寶貝，到底長成了什麼樣子了？」

貓女的手從曹操的胸口抽起。

鮮紅的血液，從她的手腕滴落。

「結束了。」貓女轉身，朝著少年H等人微笑。「紅心K，曹操，從此刻開始，正式退出黑榜。」

貓女以婀娜的姿態，朝著少年H方向走近，迎向狼人T等人喜悅的表情。

只是貓女才走兩步，卻發現少年H的表情變了。

融合怪異、疑惑，與驚恐的表情。

那在總是輕鬆自在的少年H臉上，從未見過。

然後，少年H張開口，說出了一串貓女聽不懂的話。

「啊？H，你說什麼？」貓女表情困惑。

「貓女！小心！」少年H手撐住地面，耗盡精力的身軀，拚命想要起身。「妳的背後，還有一隻……貓女！」

還有一隻，貓女？

貓女轉身，她終於見識到，自己縱橫地獄的暗殺技巧。

只是這次，卻落在自己身上。

她的胸口，竟然憑空多了三條血線。

血線的線條弧度之美，令人讚嘆。

「喵嗚。」貓女倉皇後退，眼前那個窈窕的黑色影子，再度逼近，再度在貓女的右腿之上，留下完美卻破壞力驚人的傷痕。

「妳！究竟是誰？！」

「我啊，原本住在曹操的腦中。」對方笑了，與貓女一模一樣的迷人與慵懶。「我的能力就是寄生和複製，越強者我越喜歡，所以……」

「所以？」

「我現在擁有妳的一切……」對方右手扠腰，嬌笑。「我啊，就是貓女喔。」

下一秒鐘，所有的人都愕然了。

貓女對上貓女？

最快速對上最敏捷？

最犀利對上最狠辣？

這場戰鬥，又該怎麼打？

就在曹操這邊，整個戰局發生驚人變化的同時，廢墟的校園內，另一個角落，有兩個人相遇了。

一陣風在廢墟之中吹起，帶起幾絲灰塵。

風不強，但卻聚而不散，內藏玄機。

風過去，一個人憑空出現了。

羽扇綸巾，姿態瀟灑，正是八陣圖中操陣師，諸葛孔明。

「何方高人，為何一直跟在我的身後呢？」諸葛孔明搖著扇子，姿態雍容。「不如現身一見吧？」

「嘻。」地面，陡然隆起一大塊土，土上寫著一個字，「門」。

當「門」閃爍獨一無二的靈光色彩後，門被推開，一個戴著面具的妙齡女子現身了。

那面具畫的是中國國劇中的臉譜，以銀色為底，藍紅雙色為輔。

「哦，妳就是跟蹤者，可是看起來，妳不是少年H，更不會是狼人T與吸血鬼女。」孔明端詳著眼前的女子。「妳是誰？為何要戴上面具呢？」

「會戴上面具，當然是不想以真面目示人。」面具底下，是令人舒服的柔軟嗓音。

「嗯，中國臉譜中，金色指的是大神，銀色指的是名不見經傳的小神，藍色講的是忠貞之士，卻又不似紅色與黑色強烈，這是角色最模糊不清的『隨意臉』啊！……」諸葛孔明不愧是三國大儒，智慧超卓，隨口就分析起女子的臉譜，「銀色色彩，加上模糊的隨意臉，我想，我只得到一個結論。」

「嘻，什麼結論？」

「妳很低調，真的很低調。」諸葛孔明搖著扇子。「連戴個面具，都不肯洩露半點玄機。」

「是嗎？」女子聲音帶著一點淘氣，「因為我知道，自己面對的，是三國首席軍師，諸葛孔明啊，只要洩露了一點身分，難保不會被瞧出破綻呢。」

「過獎，只是我不懂。」諸葛孔明瞇起眼睛，溫和眼神中閃過一絲冷冽殺氣。「妳這低調女孩，為什麼從剛才到現在，都一直跟著我呢？」

「還會有其他原因嗎？嘻。」女孩笑了。「當然是要阻止你啊。」

「哦？妳看起來沒有貓女的速度、吸血鬼女的武術、狼人T的蠻力，甚至是少年H的武道雙修，妳憑什麼攔我？」

「嘻，如果你認真起來，就算那三人也攔不住你吧。」女孩笑著說。「要攔你，就得和你用一樣的戰法喔。」

「哦，這麼說起來……」諸葛孔明笑著搖動羽扇，眼神卻冷冽起來。「妳用的戰法，和我一樣？」

「當然。」女孩笑著，從懷中掏出了一支毛筆，「陣法，正好是我最喜歡的一門科目呢。」

第四章《王中之王》

台北，法咖啡所在的黑暗中。

在這片不斷傳來細微震動的黑暗中，法咖啡伸手探索著。

忽然間，她摸到了一片牆壁，冰涼的牆壁，正是這些不尋常震動的來源。

「咦?」法咖啡摸著牆壁，忍不住低呼了一聲。

「怎麼?」背後，是那名想不起的男子。

「這牆，在動。」法咖啡沉吟了幾秒，忽然，她的右手藍色靈光乍現，一把龍頭猙獰的巨鎚，出現在她手心。

「好大的鎚，這是妳的武器?」男人微笑，看著這把比法咖啡還高的巨型兵器。

「是。」法咖啡轉頭，朝男人一笑，就陡然轉身，以腰力扭動巨鎚，擊向那堵冰冷牆壁。「它的名字叫做，七修不過的，工數之鎚。」

工數之鎚，曾列為士人七大武器之一，此刻，在身經百戰的法咖啡手上，更添威猛，藍光在黑暗中劃出一道冷弧，撞上了牆壁。

這把巨鎚能輕易取走四十級以上玩家的性命，更別提是一堵牆壁。

只是，法咖啡卻在鎚子撞上牆壁的那一刻，露出詫異的表情。

「欸？」

因為，牆壁沒塌。

而且不僅沒塌，還在瞬間閃過幾道縱橫交錯的紅色咒文。

「糟，有計。」男人的手快如閃電，按住了法咖啡的肩膀。

「計？」

「到我後面。」男人的手往後一拉，下一秒，他就和法咖啡換了位置，換成他直接面對牆壁。

而牆壁上那不尋常的紅色咒文，開始如同電腦密碼般，往四方不斷增殖蔓延，不用幾秒鐘就爬滿了整面牆。

然後古老的咒文，排列出連法咖啡都能看懂的一個大字。

「死。」

接著，是一整面牆壁，所吐出來的驚人爆光。

首當其衝的，正是那個始終不知道自己名字的，粗豪男人。

爆光猛烈，持久不散。

是上千度的極致高溫，在黑暗中瘋狂燃燒。

男人深陷這股恐怖的紅黑色火焰中，他的上衣被徹底燒盡，露出雄壯精悍的上軀。

「哈哈哈，哈哈哈哈，」男人在火焰中不怒反笑，狂霸的笑著。「孔明的火焰鳳凰陣？小技巧啊！」

而在他強大的靈力支撐下，躲在後方的法咖啡則是毫髮無傷，她看著眼前這個在火焰中狂笑的男人。

連她都被深深震撼。

好狂，好霸，這男人在遊戲中，究竟是什麼角色？他不該是普通玩家，甚至不是現實玩家，而是和夜王同等級的特殊玩家。

「看我，破了你！」火焰中，男人的右手後拉，巨大的拳頭，轟然一聲，揍向了那面牆壁。

牆，曾經擋住工數之鎚的怪異之牆，被這男人的怪力之拳整個打陷。

拳頭深深陷入牆面，整個牆壁開始扭曲起來。

而牆上那些不斷縱橫移動的紅色咒文，也在這拳之後，完全失去了方向，胡亂流竄，最後，甚至排出了兩個法咖啡看得懂的字。

「好賽！」

好賽字一出現，整堵牆瞬間凹陷塌落。

可是，當牆塌落，光線終於從牆後射入，露出背後景色的瞬間。

無論是法咖啡，或是無名男子，卻都同時驚愕。

因為，那堵牆的後面，竟然是一片藍白兩色的高空。

而且，還是急速後退的高空。

「不好。」法咖啡瞬間明白，他們究竟在哪裡了，而且她也明白，真正兇險的根本不是那堵牆。

而是，破牆後所發生的事。

「原來，我們一直都在一個超高速衝刺的交通工具裡面……」法咖啡看著牆外那片瘋狂退後的天空，不由得心跳加速。「我們在……高鐵裡面嗎？」

高鐵的速度何其快！時速三百公里的極速，產生的強大真空風壓，竟將陷落的牆壁卡啦卡啦的用力扯開。

粗厚的牆板被扯開，翻落高空之下，直墜向似乎沒有盡頭的地面。

而這股兇暴的真空風壓，更如同飢餓的野獸，將目標朝向車上僅存的兩個食物。

法咖啡，與無名男人。

無名男人仍不改霸氣本色，聲音依然自信。「真厲害，雖然我想不起孔明是誰？可是，我好像覺得，陷阱之後，還有一個陷阱，果然很像他的風格，哈。」

說完，風壓一扯，兩個人的雙腳同時離地，往寬闊的天空遠處，直甩了出去。

「跳！」無名男子雙手張開，順著風壓，毫不畏懼的往天空中跳去。

「可是……」法咖啡看著底下的寬闊大地，不禁恐懼起來，「我不會飛欸。」

「飛行這種小事。」男人轉過頭，一笑，「在我印象中，小事而已。」

「呵。」法咖啡看著男人轉頭微笑的樣子，忽然間，她恍惚了，她想起了那個夜王與她勇闖總統府的夜晚。

當時，夜王也是這樣一個霸氣與溫柔的笑容。

而就是這樣一個笑容，讓法咖啡內心的恐懼，一整個消散。

「怎麼，跳啊。」無名男子在空中，對法咖啡大叫。

「嗯！」法咖啡深深吸了一口氣，順著風壓，輕輕的滑下了高鐵的牆壁，進入了一片虛無的天空領域。

「拉住我的手。」無名男子竟然藉由一身靈力，可以控制自己移動的方向，他移到了法咖啡的身邊，同時，伸出了粗壯的大手。

「……嗯。」法咖啡猶豫了一下，纖細的手，放在無名男子的手心上。

下一秒，法咖啡感覺到男子手心異常的熱。

這溫度，是因為靈力運作？還是……

「抓穩了。」男子注視著法咖啡幾秒，才慢慢的展開笑容，「我們要往下衝了。」

說完，法咖啡感到這一大片燦藍的天空，轉了半圈，接著她的速度陡然加快，直直的朝地面，俯衝了下去。

陽明山的森林。

地上，直挺挺躺著的，是幾乎停止呼吸的約翰走路。

而約翰走路的左邊胸膛裡面，炙熱且不尋常快速跳動的，是那顆澎湃的心臟。

而心臟之中，負責以強大肌力運送全身血液的，是波濤洶湧的左心室。

左心室中的血管壁中，密佈著超乎想像大量的重砲殺手B細胞。

如今，每個深灰冰冷的砲管，都朝向同一個目標。

那個目標，穿著一襲隨風舞動的黑色大衣，右手提槍，左手是一團火焰，立在一顆鮮紅的紅血球上，他面對如此森然的重砲機關，表情卻依然堅毅而自信。

尤其是當他笑起來。

那兩排銳利胡狼獠牙露出，而手上的雙槍同時揚起，火花噴出。

一整排的B細胞粉碎，但是有更多的抗體砲彈，已經落到阿努比斯的頭頂。

「阿猊！」阿努比斯一吼，左手朝向天空。

「得令。」阿猊回答，同時阿努比斯左手的火焰，如曇花般張開。

抗體，瞬間被那朵巨大的曇花燒盡。

而這片火焰曇花之中，一道銳利的綠光直貫而出。

直指向左心室的天空。

遠處的貔貅見到了這道綠色光芒，奇異的亮度似乎透明，如北極光般美麗，牠彷彿想到了什麼，張大嘴巴……

「這是可視靈波？」貔貅退了一步。「而且，還是伊希斯的烏加納之眼！傳說中在這隻眼的下方，所有虛偽與假象都會破滅。」

「不愧是九龍中的佼佼者。」火焰中，一個男子帶著一條柴犬，踏著綠光而來。「很識貨嘛。」

男子，是阿努比斯，而柴犬，當然就是約翰走路原本的面目。

「綜觀地獄神魔，能達到可視靈波的人物，不超過五十個，其中又以聖佛金色佛光和蚩尤先天妖氣銀光最強……」貔貅那張冰冷的龍臉閃過一絲戒慎。「沒想到，你竟然練成可視靈波……」

「你的見識果然不錯，不過有一點，我要糾正你。」阿努比斯手上的槍，筆直朝前。

「哪一點？」

「論靈力，還有一個人不遜於聖佛和蚩尤。」阿努比斯的槍看似隨意朝前，沒有真正對準眼前這隻龍老九，貔貅。

「哦？誰？」

「論靈力的量，她也許不及聖佛，論靈力的破壞力，也許蚩尤能奪冠，但是若論精純，非她莫屬。」阿努比斯的手指輕輕按住扳機，子彈，蓄勢待發。

「難道，你所指的是……？」

「沒錯，正是埃及母親之神。」阿努比斯一笑，這一笑，竟包含如此複雜的表情，是驕傲，是憂傷，還有一點細微到無法察覺的，思念。「伊希斯。」

「伊，希，斯……」貔貅彷彿被這三個字所深深震撼，又退了一步。

「就讓你見識一下，」阿努比斯的食指用力，扳機，扣下了。「伊希斯三聖器中，安卡Ankh的厲害吧。」

「Ankh？」貔貅看到了，阿努比斯的子彈，從他手上的槍，夾著細微的輕煙，噴射了出來。

然後，貔貅卻忍不住笑了。

輕蔑的笑了。

因為，這顆從手槍射出來的子彈，在滿天滿地的B細胞重砲火焰下，顯得太微不足道。子彈，彷彿沒有重量似的，輕盈的穿過B細胞一顆顆分量十足的砲彈，穿過到處炸開的火焰花朵，精準的朝著貔貅方向而來。

「一顆子彈，想殺我貔貅？」貔貅笑，「我說，到底是你們埃及老神太笨？還是我們中國古神太強呢？」

子彈，還在前進，在這片槍林彈雨中，它美麗的弧線軌道，彷彿背後演奏著單人華爾滋的舞曲，孤單卻高雅，穿梭在花團錦簇的舞池之中。

「我在龍之九子中，掌管的是財富。」貔貅看見子彈平安穿過無數的砲彈，牠眼露凶光。「我就給你最高規格的待遇，鑽石雨林！」

「鑽石雨林」的聲音剛落。

整個寬闊的左心室，彷彿被一片華麗的星光籠罩，滿天滿地，美不勝收。

然後，每顆星光，逐漸下降。

最後，竟形成一大片傾盆而下的雨珠。

銳利，無瑕，硬度在排行榜穩居首位的鑽石，化作雨珠，在黑夜中，劃出一條一條美麗的銀絲。

銀絲密密麻麻，華麗而強勢，擋在子彈的正前方。

「呵。」阿努比斯笑著搖頭。「不是埃及老神太笨，或是中國古神太強，貔貅你單純太傻，你以為，當年的地獄列車事件，擅長射箭的羅賓漢J最後喚出了安卡（Ankh）後，能在如此短時間內，滅殺滿滿三個車廂古今中外的酷刑惡靈，其中還不乏帝王與國王。」

子彈，已經進入了鑽石雨林中。

卻，依然在前進。

鑽石銀絲如此繁密，竟然一顆也碰不中它。

「啊……」貔貅感到不安，牠的確不能理解，那顆子彈為什麼像是有靈魂，而且還是極度強悍的靈魂，能閃避眼前的障礙物。

還有，阿努比斯口中的安卡（Ankh），到底在哪裡？

如果他已經使出這三聖器之一，應該有跡可循才對……

這Ankh，究竟在哪裡？

「猜不到吧。」阿努比斯躲在阿猊張起的火焰大網之下，迴避滿天墜下的B細胞火砲，而一邊的柴犬，則用身體不斷撞歪飛來的砲彈。「給你一個暗示，安卡是一個十字架，它到底在哪裡呢？」

十字架？

貔貅身體越來越不安，這左心室裡面哪裡有十字架？而眼前這發擁有強悍靈魂的子彈已經快穿過鑽石雨林。

「可惡！」貔貅怒吼，「我不管安卡和子彈有什麼關連，只要擋住這子彈，安卡還有什麼屁用？」

說完，貔貅身體開始泛出血紅色的光芒。

身體表面，更像是結晶一般，出現一片一片鑽石般的完美六邊形斷面。

「你只答對了一半，只要擋住子彈，安卡的確沒什麼用了。」阿努比斯閃避著B細胞的砲彈，一邊朗聲回答。「問題是，你擋得住嗎？」

「怎麼可能擋不住！」貔貅聲音咬牙切齒，身體的結晶也越來越清楚，堪稱地球上最完美的結構，六角形鑽石結構，已經在牠身上幾乎形成。「我可是最貴氣的龍，哪裡是笨重的老大，貪吃的老五可以比的，我要當真正的龍！」

「是嗎？」阿努比斯淺笑。

那發子彈已經穿過鑽石雨林，它的軌道實在太優雅也太輕盈，彷彿這片能穿碎萬物的雨林不曾存在過。

「出來吧，我貔貅頂極功力！由衝突和戰爭，犧牲無數人命而成的寶物……」貔貅尖叫。「血，鑽石！」

說完，牠身體的鮮血與鑽石融合成一體。

一顆最驚人完美的巨大鑽石，凝成一片極致華麗的粉紅色，誕生。

而同時間，子彈也到了。

「最後一個暗示，關於Ankh與子彈的關連性。」阿努比斯眼睛閃爍自信光芒。「請你想想，安卡的形狀，十字架，通常又是什麼？」

「管你什麼屁形狀！」貔貅尖銳的聲音從外表的粉紅鑽石中傳了出來。「地球上最硬的鑽石都能擋掉。」

子彈，已經到了。

小小的子彈，來到了貔貅的面前。

貔貅咆哮，朝著子彈，往前頂去。

可是，子彈卻劃了一個完美的半圓軌道，到了貔貅的背後。

「先宣佈第一個謎底，安卡早就出現了。」阿努比斯手指前方，「安卡，它就在你的背後。」

什麼？貔貅一愣，牠扭過頭，牠看見了牠的背部，一個完美的十字架，就像是刺青般烙印著，浮出純潔而美麗的淺白色光芒。

「純潔的白色，是伊希斯靈力的色彩。」阿努比斯冷冷的說，「而第二個謎底，關於子彈和安卡的關係。」

貔貅滿臉驚愕，因為子彈碰到了自己背部的鑽石結構。

然後，竟然，穿了進去。

不，與其說穿，還不如說是，滲了進去。

子彈「滲」入了鑽石結構中？

「安卡是十字形，在古老的印記中，十字也是標記，也是每個標靶的終點。」阿努比斯淺笑，「在地獄列車中，羅賓漢J就是把安卡種在車廂中的每隻惡靈身上，所以他只憑一箭，就一隻連著一隻，貫穿了三百多隻妖怪的腦袋。」

貔貅張大嘴巴。

牠已經聽不下阿努比斯任何的解釋。

因為子彈已經完全滲入了鑽石之中，正朝向它的旅途終點「安卡」前進。

而子彈只要一抵達安卡，毋庸置疑，貔貅的背部要害，就會被貫穿。

「而安卡與子彈之間的關連性。」阿努比斯依然保持著冷靜淺笑。「可不是鑽石這種表面的防禦能抵擋的，靈力的事還是要用靈力才能解決……」

貔貅尖叫。

子彈有著工藝品螺紋的尖頭，已經抵到了安卡十字的中心。

陷落，貔貅的背，細微的陷落，然後皮膚破裂，子彈的螺紋轉入了皮膚之中。

「貔貅，號稱九龍中最富貴的一條龍啊，我要奉勸你一件事……」阿努比斯瞇起眼睛。

子彈螺紋旋進了皮膚，接著又旋進肌肉中，然後是腹腔，內臟，胃，肺，肝，脾，最後是……心臟。

貔貅的內臟，被這小小的一顆子彈，穿成一大片血池。

「貔貅，我要奉勸你啊……」阿努比斯手上的槍放下，左手收起了火焰阿猊，轉身，也不再理會滿天重砲的B細胞。「錢，不是萬能。」

錢，不是萬能。

絕對，不是萬能啊。

「很多東西，像是情義，就不是錢能買到的。」阿努比斯轉身離去，因為他確定了一件

地獄禪滅

事，貔貅，已經完全退出了戰場。

貔貅體內的那發子彈，在搗爛所有內臟後，終於停止了。

而貔貅的身體，卻也在同一時間，停止了顫抖。

牠不動了。

變成一尊完美的粉紅色鑽石雕像，再也不動了。

只是這鑽石的紅色，貔貅因為死前流出的鮮血，更加豔紅，搭配著鑽石本身的光芒，散發出一股動人心魄的美。

「走吧。」阿努比斯把槍收進了口袋中，跳上了一顆紅血球。

身旁的柴犬汪了一聲，也跟著跳上。

紅血球順著左心室浩瀚的滾滾血流，朝向下一個目標前進。

「老大，你沒考慮把這血鑽石帶走嗎？」阿猊這時候，從阿努比斯的左手冒出一個獅頭。「不論這麼大顆鑽石本身的價錢，光是紅得這麼美的鑽石，肯定能賣個好幾百億，我認識幾個不錯的國家，可以把錢洗過去……」

「我說過，錢不是萬能的。」阿努比斯的左手用力一握，阿猊小小的哀號一聲。「還這麼執迷不悔？」

「是是是，錢不是萬能。」阿猊忍不住轉頭看了血鑽石一眼，嘴裡喃喃自語。「可是，沒有錢……是萬萬不能啊。」

「阿猊！」阿努比斯威嚴的聲音再度響起。

「是是是。」阿猊吐了吐舌頭，這次，乖乖的縮回了阿努比斯的左手之中。

阿努比斯一身黑大衣，迎著血河流動激起的涼風，他閉目深思。

透過村正，他可以感應到約翰走路身體外的戰況。

眼鏡猴沒有辜負少年H對台灣獵鬼小組的期待，竟然滅殺了罪孽深重的白骨精，而阿努比斯留下的伏兵村正，也成功的逆殺三腳蟾蜍。

最棘手的小丑牌，也在眾人的合力下，勉強將他逐出了戰場。

看起來，外面的戰場也已經風平浪靜。

可是，阿努比斯卻皺起眉頭。

因為他卻感到不安，一份怪異的不安。

這份怪異的不安，不是小丑，更不是白骨精或三腳蟾蜍這些小角色，而是一種更大的隱憂。

彷彿，在戰場的上方，有一股君臨天下的強猛氣勢，正如同黑雲般，在天空中緩緩聚合起來。

是誰？

阿努比斯皺眉。

是誰正往戰場靠近？

「黑榜十六強中，我們漏算了誰？」阿努比斯站在紅血球中，喃喃自語。

「啊？」柴犬和阿猊疑惑的問。

「這不是Jacker，更不Queen，而是老K的等級！」阿努比斯一邊感到不安，同時間，身體內渴望戰鬥的血液，也同時蠢動起來。「四張老K裡面，還有誰沒有露臉？」

「啊？老大，你究竟在說什麼？」

「哈，我在說的是，下一場戰役。」阿努比斯把右手的槍握得好緊，那不是恐懼，而是興奮，強者好戰的絕對興奮。「看樣子，當我們離開這個身體，外面有更精采的戰役正等著我們呢。」

更精采的戰役，正等著我們呢。

而戰場遠方的高空中。

一個男人和一個女人，剛剛脫離了破一個大洞的高鐵，正由高空中緩緩下降。

他們是無名男子和法咖啡。

無名男子的左手抓著法咖啡，右手慢慢握拳。

同時，一件奇怪的事情發生了。

一把刀，隨著一股紫氣，慢慢的在他的掌心中完全凝聚。

這刀的形狀特殊，刀面又寬又厚，與其說是一把砍人的刀，還不如說是一條能載人的銀色滑板。

「咦？這把刀是怎麼出現的？」

「我也不知道刀是怎麼出現的。」男子搖頭，「好像是當我想要它出現，它就出現了。」

「這刀不像是遊戲道具啊，這是……」法咖啡眼神閃過無比的詫異，她之所以確信這不是道具，是因為她曾見過，變出武器的類似手法。

藉由忽然漲大的靈氣，匯聚而成一把隨身的武器。

而且可以任意變形。

只是，她上次看到的，不是刀，而是獵槍。

一把在阿努比斯手上的神祕獵槍。

「我雖然不知道這刀是怎麼出現的，但是，我知道怎麼用……」男子一笑，同時將刀面往腳底一放。

這把類似滑板的刀，彷彿一台飛行器，撐住了男人和法咖啡的重量，就這樣在空中翱翔起來。

「好像……」法咖啡摀住了嘴巴，喃喃自語。「不但能憑空創造出武器，更重要的是，能任意操縱武器的形態，這早已脫離道具的範疇！我家老大曾經告訴過我，這叫做……」

「叫做什麼？」

「能將靈力轉化成現實物品，這是具現化啊……」法咖啡吃驚。

這份吃驚，不只是再度目睹難得一見的「具現化」能力，更重要的，是這男人與夜王驚人的相似度。

豪爽，霸氣，拳頭的猛勁，與操縱靈力的方式。

都幾乎一模一樣。

如果讓他碰上夜王，究竟會發生什麼事？

只是，法咖啡的胡思亂想，卻被天空一聲尖銳高亢的怪響所打斷。

嘎砰！

她抬頭，她嘴巴微張，因為她發現，她竟然看不到太陽。

一個由七、八截長條巨大物體所組成的鋼鐵怪物，從天空直墜下來，擋住了明媚的藍天與陽光。

「那掉下來的東西……」法咖啡感到背脊發涼，「是高鐵啊。」

「沒錯。」男子仰著頭，他的表情卻沒有絲毫的恐懼。「看樣子，那個設下火鳳凰陣的男人，他真正的陷阱現在才出現。」

「你說，他的目的本來就是要用這一條高鐵砸我們？」

「我想是的。」無名男子轉頭，對法咖啡一笑，「抱歉，請環住我的腰。」

「呃？」法咖啡何等聰明，依言將雙手環抱男子。「難道你要……」

「答對。」男子彎腰，在高空中，拿起了原本在腳底下的那把刀。

刀的形狀，更在隆隆紫氣下，不斷的變形。

越變越大。

越變越銳利。

到後來，整把刀已經化成三層樓高的大小，而外型卻酷似殺豬用的半圓形菜刀。

「妳知道嗎？」無名男子雙手握住刀柄，而刀柄延伸出去的刀身則大得嚇人。「要切像是高鐵這樣的香腸，最好的刀還是殺豬刀。」

說完，無名男子大喝一聲。

如深山震雷，如海洋猛浪，動人心魄的吼聲中，刀，已然剁了下去。

法咖啡的眼睛睜得很大。

她原本就不是膽小女生，此刻的情境更讓她飽足了眼福。

以重力加速度正面衝撞而來的高鐵，直接撞上了殺豬刀的刀口。

火花炸開。

刺眼的火花燃燒中，高鐵仍在下降，只是它被殺豬刀硬生生的分成了兩半。

一左一右，分成兩半的高鐵殘骸，驚險萬分的從無名男子法咖啡兩側急速墜落而過。

刀，還在砍。

高鐵，還在分開。

此情此景，法咖啡深深震撼著，這男子需要多強的靈力才能在高鐵這重達千萬噸的撞擊下，維持這靈刀的形狀而不潰散？

難不成，這人……比夜王老大還強？

這秒鐘，法咖啡急忙用力甩頭，她不願意這樣想，夜王老大是她最崇拜的對象，她絕不容許自己這樣想。

「最後一截了。」無名男子的刀，已經砍到尾聲了。

隨著最後一截高鐵的裂開，墜落到地面，炸成了粉碎。

男子的紫光再度閃爍，而巨大的殺豬刀更逐漸退回了原本的模樣。

「我們走吧。」男子將刀一收，變回了滑板形狀，放在雙人的腳下。

「走？走去哪裡？」法咖啡大眼睛看著無名男子。

「山上。」

「啊？」

「我的腦袋有個聲音告訴我，」男人回頭一笑，溫柔中，卻是王者的霸氣十足。「那裡有個人，能幫我回復記憶。」

「有個人……是誰？」法咖啡感覺到心臟怦怦跳，她不喜歡心裡湧升而起的預感。

「我不知道，但我能肯定一件事。」無名男子頭抬得很高，在此刻的陽光下，將他側臉映成一片閃亮的古銅色，

「什麼事？」法咖啡繼續追問。

無名男子的表情是沸騰的期待，與高手對決的無比期待。

「那個男人的霸氣，絕對不在我之下。」無名男子笑，「絕對，不在我之下啊。」

陽明山，兩股力量一綠一紫，正在山頂盤繞著。

這兩股氣之下，草木皆伏下，也許，山中的草木都知道一件事。

這裡，將成為地獄遊戲的兩大霸主相遇的宿命之地。

黑暗的酒館，三個人正聚在一起喝酒聊天。

當中一名身材微胖的男人，喝的是烈酒中的極品XO，他喝了一口，就嘆了一口氣，喝了一口，又嘆了一口氣。

這時，坐他對面，一個身材苗條，火辣性感的女子，忍不住開口。「喂，阿胖啊，喝酒就喝酒，你幹嘛一直嘆氣啊。」

阿胖，不是台灣獵鬼小組的組員嗎？

「我說娜娜啊，」阿胖放下酒杯，重重吐了一口氣。「妳不覺得嘔嗎？」

「怎麼個嘔法？」

「我們台灣獵鬼小組，在第二部地獄遊戲裡面，好歹也是一線B咖，怎麼搞到現在，小三死得壯烈，阿猴也登場了，就剩我們一個在天使團，一個在金鷹團，都沒機會登場。」

「哎喲，我也很苦悶啊。」娜娜苦笑，她喝的是長島冰茶，表面是茶，私底下是酒精濃度超高的混酒。「作者明明知道我喜歡H，結果一直讓貓女和H接觸，哼哼哼，現在又多了一個鍾小妹，我都不知道什麼時候才有機會……」

「你們還比我好……」這時，桌上，一個像是鬼魂似的聲音飄了出來。「現在不知道還有沒有讀者記得我呢。」

「欸？你是哪位啊？」阿胖和娜娜互看了一眼，一個抓頭一個搔下巴。「我們，好像真的沒印象勒。」

「連、連你們都沒印象，哇！我不要玩了啦。」說完，這男子趴在桌上，捶著桌子。

「我明明剛出來的時候很厲害！是新竹區唯一能擋住織田信長的玩家，結果呢？誰還記得我白老鼠？」

「白老鼠？」阿胖和娜娜再度互看了一眼，依舊搖頭。「真的沒印象啊。」

「三位顧客，您們太吵，所以……」這時，打扮體面的服務生，走到旁邊，聲音悅耳。

「什麼我們太吵啊！你懂不懂F咖的心情啊！」

「對啊！讓我們盡情的哭泣吧！」

「對啊我們哭多一點，多一點版面啊！」

「還吵啊！」這位服務生聲音陡然降低，一股無形氣勢，竟從簡單幾個字中翻湧出來。

讓阿胖等三人同時噤聲，抬起頭，想看清楚來者是何方神聖。

可是，除了服務生胸口掛著「萊恩」牌子之外，實在不知道他是什麼來歷？

「抱歉，我是這家小店的服務生啦，」只見萊恩又恢復了笑容可掬的模樣，「不是不能吵，只是吵之前，有件事得請你們先做。」

「什麼事？」阿胖等人戰戰兢兢。

「按照慣例，每一集接近尾聲，有件事要在這裡宣佈。」萊恩遞過了帳單，帳單上面以凌亂的筆跡寫著幾行字。「那就是，下集預告啊。」

「對對對，這很重要。」阿胖接過帳單，看著那幾行字，臉色卻突然變了。「這是……」

看到阿胖臉色驟變，娜娜疑惑的伸過手，把帳單拿了過來，這秒鐘，她的秀眉整個擰起。「我的天……」

「怎麼回事？下一集發生什麼事？」白老鼠精神也來了，急忙把臉湊過去，看著帳單。

接著，白老鼠張大嘴巴，傻了。

「沒想到，下一集，她終於要登場了。」阿胖手上的杯子，不斷抖動著，分不清楚是害怕，還是開心。

「是啊，從第一集就聽到她的名字，一直貫穿全文的她，終於要解開封印了。」娜娜雙手環抱住肩膀，試圖抑制身體的抖動。

「埃及神系之母，和聖佛與蚩尤站在同一個等級的神，要出現了。」白老鼠深吸了一口氣。

然後，三個人同時開口。

「伊希斯，終於降臨了。」

神，終於要降臨了。

她，終於要解開力量的禁咒，正式出現在地獄遊戲了，而她的出現，又會對原本就詭譎不明的局勢，帶來什麼樣翻天覆地的變化呢？

The End

奇幻次元　23

地獄系列（第七部）地獄禪滅

國家圖書館出版品預行編目資料

地獄系列 第七部，　地獄禪滅　　Div著
— 初版. —　臺北市：春天出版國際，　2008.09
　　面；　　公分. —（奇幻次元；23）
ISBN 978-986-6675-66-9（平裝）

857.83　　97017309

ISBN 978-986-6675-66-9
Printed in Taiwan

作者	Div
企劃主編	莊宜勳
封面繪圖	Blaze
封面設計	小美@永真急制Workshop
美術設計	數位創造
發行人	蘇彥誠
出版者	春天出版國際文化有限公司
地址	106台北市忠孝東路4段303號4樓之1
電話	02-7733-4070
傳真	02-7733-4069
E-mail	frank.spring@msa.hinet.net
網址	http://www.bookspring.com.tw
部落格	http://blog.pixnet.net/bookspring
郵政帳號	19705538
戶名	春天出版國際文化有限公司
法律顧問	蕭顯忠律師事務所
出版日期	二〇〇八年九月初版一刷
出版日期	二〇二三年二月初版三十四刷
定價	240元

總經銷	楨德圖書事業有限公司
地址	新北市新店區中興路二段196號8樓
電話	02-8919-3186
傳真	02-8914-5524
印刷所	鴻霖印刷傳媒事業有限公司